歌飞太行

开花调里的乡愁

于广富 著

新星出版社 NEW STAR PRESS

图书在版编目（CIP）数据

开花调里的乡愁 / 于广富著. —— 北京：新星出版社，2023.12
（歌飞太行）
ISBN 978-7-5133-5392-2

Ⅰ.①开… Ⅱ.①于… Ⅲ.①诗集–中国–当代 Ⅳ.①I227

中国国家版本馆CIP数据核字 (2023) 第217190号

歌飞太行

开花调里的乡愁
于广富 著

| 选题总策划 | 邹懿男 | 责任编辑 | 李文彧 |
| 特约编辑 | 唐嘉琦 | 责任印制 | 李珊珊 |
| 审　　校 | 王颖 | 责任校对 | 刘义 |
| 封面设计 | 雷党兴 | 装帧设计 | 宣是国际 |

出 版 人　马汝军
出版发行　新星出版社
　　　　　（北京市西城区车公庄大街丙3号楼8001　100044）
网　　址　www.newstarpress.com
法律顾问　北京市岳成律师事务所
印　　刷　北京天恒嘉业印刷有限公司
开　　本　880mm×1230mm　1/32
印　　张　6.125
字　　数　20千字
版　　次　2023年12月第1版　2023年12月第1次印刷
书　　号　ISBN 978-7-5133-5392-2
定　　价　58.00元

版权专有，侵权必究。如有印装错误，请与出版社联系。
总机：010-88310888　传真：010-65270449　销售中心：010-88310811

## 太行踏歌行
## ——"歌飞太行"序

"太行天下脊，黄河出昆仑"陆游曾如此吟咏开天辟地之大美山西；"太行山似海，波澜壮天地"陈毅元帅路过山西即写出最长诗篇《过太行山抒怀》，隐喻了太行山和太行山人民对中华民族全民抗战做出的无与伦比的巨大贡献……历来，人们知道这里民风淳朴，民歌荟萃，小花戏、"左权开花调"成为国家级非遗，但是很多人可能不知，这里还有一群植根这片土地的诗人，他们在巍巍太行，行吟踏歌。我永远记得，太行山那个冬日清晨的暖阳。

2021年5月起，我在组织的安排下到左权县开展乡村振兴定点帮扶工作。2022年11月，左权县诗歌协会的同志约我在县文联一聚，因我在乡下距县城较远，手头事多且忙，诗歌协会的同志就将就我的时间，最后我们约定在周末见。那是11月下旬的一个周六早晨，我开车翻山越岭七十华里，早早来到位于左权县城辽阳街的文联办公地。文联原主席孟振先、办公室主任李婷婷、《左权文苑》执行主编乔叶老师，以及几位诗歌作者已早早等候。当我走进文联简洁的会议室时，一双温暖的大手立即把我握住，微笑着问候："楠杰书记来得早啊！""哦，张老您怎么也来了？"我惊讶地看见年逾古稀的张基祥老先生站在眼前，他编撰的《铁证》《碧血辽县》《抗战文化》等十多本书籍是左权一笔厚重的抗战史料和财富，我刚来左权不久就认识了他，一直很敬仰。见我有些惊讶，旁边的同志解释："您可能不知道，张老师是县首届作协主席，也是我们诗歌协会的大椽和核心哟，他听说您要来，一定要来见见您。"当时，一缕阳光从窗外斜照进来，金色的光辉洒在张老沧桑而和蔼的脸上，他正笑意盈盈地注视着我，双手柔软地握着我的手，我顿时感到一股温暖在传递——时空在此定格，记忆在此永驻，我记住了这一缕金色而温暖的阳光，记住了太行山这个冬日清晨的暖阳，记住了这一张张真诚、坦率、朴实而热切的笑脸……一上午，我们就着几颗花生、瓜子和热茶，谈起了左权的诗歌和他们的创作历程……

是年9月18日，左权县举行"辽县易名左权80周年纪念活动"，中国外文局副局长兼总编辑高岸明率外文局报道矩阵亲临左权并启动人民日报、光明日报、中国日报等央媒采风活动，活动中，我们中国外文局驻左权帮扶工作队向高局长汇报了左权县帮扶情况，呈上了县文旅局、文联等关于出版诗歌、非遗图书推进文化帮扶的请示，从那时起，左权诗歌协会诗集和其他两套丛书出版事宜进入了外文局的工作统筹，局办公室孙志鹏副主任曾在左权县麻田镇任职，热心而专业，他总在关键环节推动着诗集出版的工作，外文出版社、新世界出版社的责编们辛勤工作，都为了这几套丛书早日面世。因为，革命老区文化事业的发展也是乡村"五大振兴"的重要内容，是太行山乡村历史和自然风貌、太行山人心灵和情感源自灵魂深处的表达，需要汇入时代的洪流并展现给全中国、全世界的人们看，需要推介和宣传左权作为太行山上革命圣地"小延安"、鱼米之乡"小江南"、陆地桂林"最美太行"的山水人文，需要让更多的人知道这里人们的精神追求、心灵需求、最美风光，需要大家到左权来共同交流、发展，共襄乡村振兴之盛举！

左权这几年发生了巨大的变化，围绕"红色左权、清凉夏都、转型高地、太行强县"的特色乡村振兴日新月异，向国际国内展示着更美左权和更美左权人。韩建忠、乔叶、常丽红、李立华、于广富、刘利、崔志军、郝志宏、白帆这九位左权县的优秀诗歌创作者，正好从20世纪50、60、70、80、90年代依次递代生长，贯穿了社会主义建设、改革开放、现代化建设等阶段，共同汇聚于中国特色社会主义新时代，沉淀了几个时代的感受、思考和情怀，凝练了自身和时代共同经历的贫寒、苦痛、迷茫、欣喜、阳光和顿悟，伴随着时代一同发展和进步。九位作者，都生活在生产、劳动一线，而且多数都在为生活而苦苦地、匆匆地奔忙着，个别人生活尚处在基本温饱线，但他们没有停止精神的追求，没有放下善良和悲悯的情怀，没有抱怨命运的安排，更没有等靠要，而是努力奋发、自立自强，在各自的岗位上发挥特长、勤恳工作，而且保持火热、慈爱、奋进之心，带着精进的意志和思索、智慧的头脑，在太行大山上，在生活的征途中，踏歌而行。

  实践的土壤给了他们创作的泉源，生活的磨砺给了他们不屈的魂灵，激发了他们创作的动力和灵感，九位诗作者向阳而生、用心比兴。乔叶，先天弱视，丈夫重病，一人扛起家庭重担，带着丈夫进城谋生，住过零下20多度的出租屋，在雇主家里做过保姆，在街头卖过包子，奋斗到今天，成为省作协会员、《左权文苑》执行主编；崔志军，做过农民工，做过厨师，后成为事业单位临时工并坚持创业，现为县诗歌协会主席；韩建忠，上山下乡当过"知青"，入伍四年三年班长，痴心红色文化宣传、剧本创作并颇有成效，多年来没有报酬却无怨无悔，而他充满感染力的朗诵传递着激情、热爱的家国情怀，不逊专业水平；白帆，晋中师范学院中文系毕业后立足自身专业，一边攻书法、写作，一边在工作之余创业，在地下室建了一个装裱店，可见他肩上的担子并不轻；郝志宏，历经村、乡、公安系统多个岗位，业余时间写诗，累且思考着、快乐着……九位诗人中，鲜有专业出身和传统意义上的文人诗人，仅有左权中学语文高级教师、中华诗词学会会员常丽红长期专攻古典诗词创作；东北师范大学中文系毕业的于广富，在高中系参加过诗歌培训、大学时创办文学社，毕业后在机关从事文秘工作，并在新华社《对外宣传参考》做过编辑……专业人士寥寥，倒是生活的磨难从不缺席，感悟生活、思考生活的秉性也从不缺席……生活中所有的苦难经历和折磨，都不妨碍他们对于诗歌的追求，不妨碍他们对于生活的热爱、思索和表达……谁说，生活大学、社会大学、人生大学不是最好的诗歌培训课堂？谁说，生活、社会、人生不是最好的老师？正因于此，他们才更接地气，诗歌的形式才更加质朴、表达更加执着，向上生长的力量更加强大！左权中学物理老师刘利在教学之余"写心写情写这人间百态"，他认为"诗是美的，诗是真实的，诗更是发自内心的""我妄图用最简单朴实的语言，表达内心里的种种，诸如爱、诸如恨、诸如忏悔、诸如怜悯、诸如思念、诸如纪念、诸如得失、诸如呐喊、诸如愿望、诸如希望……"当是这群太行行吟诗人的共同心声。

"梁志宏／手中捧着一束山花／这束满天星／等了他七十六个春夏／七十六年前／梁志宏的叔父十六岁／在这束山花旁／目睹了左权将军／在榴弹的爆炸中倒下"韩建忠《十字岭的山花》流淌着这座英雄城市对英雄的追忆和执着追求；白帆在《旧居里的木槿》旁浅吟低唱："时常有人在左权旧居／游走或是停留／迎来送往的时日累积／茂盛着院里的两棵木槿／我站在树旁／嗅一瓣花的滋味／连同历史咀嚼入喉……""告诉我旧寨在哪里？／旧寨还远不远？／我家是旧寨哩，你知道不？"崔志军的《寄往旧寨》用一位坚守老人的话道出对历史和家乡骨子里的思念；"我又在联想／许是佳人思君，泪流成溪／桥边栽下相思树／多年后／君子成树／树成君子"郝志宏巡游山岗，见《那棵沙棘树》矗立清溪和石桥旁，顿生相思；而李立华在《所有升起都簌簌落下》中感悟"白云升起／雨簌簌落下……所有升起都簌簌落下"的世间循环大道；悟道"上善若水"的于广富则在《此刻，我只与月光为邻》中感悟："水总是淡然而去／有很多的悲伤在微澜下面／激走，一些忧郁也在顺流而去／这样的时刻，总能让人的／内心，平静如水"；感恩的乔叶在《六月的海》中描述自己不仅时刻保持一颗感恩的心，且因此"面前出现了真实的大海／展翅飞翔的海鸟、辽阔湛蓝的海水／我在欢喜中醒来／哦，海是书／书，是我的心"生出进取之心；而刚出版了《漱玉心莲》格律诗作的常丽红在《将军峰》中，以笔为刀为曾经横刀立马、带领八路军指战员浴血战斗在这片土地上的彭大将军塑像，虽弱女子却愣是刻画出铁骨铮铮："他就是一座活的山峰／巍然屹立，铁骨铸就，铮铮似你／手执望远镜，观山河，誓补金瓯／观风烟，欲刃雠寇／观村庄，欲挽民出水火／凛然，凭谁敢来叩犯"！

……

诗言志，志为心声；歌咏言，言亦为心声。当"志"和"言"皆为心声之自然流露、嘹亮飞扬，并与天地之浩然正气、人间之沧桑大道汇成时代之滚滚洪流，左权诗人，在太行山上的行吟、踏歌，将响彻华夏大地！

同时，诗歌是文学皇冠上的明珠。需要不断精进、攀登，甚至向苦而进，向苦而精，才终将千年流传。今年9月23日，正值秋分之日，我从桐峪镇出发，徒步八个半小时、七十华里翻越海拔近1500米的土门岭走到左权县将军广场时，诗歌协会的诸位同仁早已在广场等候，对我说："有志者事竟成！"其实，他们是说给自己的——有诗者，事竟成！

值此左权县诗歌协会诸君精雕细刻的大作

即将出版之际，再三嘱我为序，推辞不过，愿以此为契机，以"外文局人、左权人、工作队员"的三重身份——

感谢中国外文局领导、帮扶办和各位同仁对老区的全面关心、帮助、扶持，感谢左权县委县政府和各级同事为这片土地的殚精竭虑、团结奋斗。

感谢左权人民，在这两年多的帮扶工作中，给予我各方面的帮助和关怀，我真心感到革命老区"人人是教员、处处是课堂、时时受教育"，这座山和这座山上的人们对我的恩泽，一生感恩不尽、受益无穷。

感谢外文局驻左权帮扶队各位队友和社会各界人士，一同为革命老区脱贫攻坚、乡村振兴做出的无私奉献和一致努力！我们有理由相信：俗称"表里山河"的大美山西，在三千万三晋同胞和十四亿华夏儿女的共同努力下，乡村振兴将伴随中华民族伟大复兴的脚步，铿锵有力、踏歌而行！

是为序。

楠　杰

2023 年国庆

# 诗情与雪意中悠远的乡愁
## ——于广富诗集《开花调里的乡愁》序

邢海珍

在二十世纪的八十年代末，我还在教书，那时有一群写诗的人，成立诗社，编印诗报。当时师范有许多小青年加入了我们的队列，其中就有于广富。他高高的个子，戴着近视眼镜，很文雅的样子。广富是绥化人，在学生中是一副成熟的相貌，不像学生而像老师，与大家一起写诗论文，在快乐的追求中度过了短暂的青春时代。一转眼已三十多年的时间过去，忽然间意外地收到他即将出版诗集《开花调里的乡愁》的消息，当然禁不住为他多年之后的诗心未泯而高兴。

这是一部怀乡恋土之书，诗的主要内容几乎都是对于土地和故乡亲情、远年旧事的深情瞻顾，满是赤子敞开的赤诚怀抱和浓浓的化解不开的乡愁。广富多年离家在外，遥远的黑土地始终都是心灵的大背景,晋中大地是成就了他的诗意情怀的第二故乡,读他的诗,我的心底涌起一种热切而悠远的感动。

在《大雪》一诗中,广富借助家乡司空见惯的雪景来表达远离家乡的思念之情:

毋庸置疑,我从骨子里喜欢雪
喜欢雪花划过面庞的感觉
还有它漫天飘落的姿态

我会看到青草,树木,野花
落幕于大雪的背后,和
再次浩大归来的隐忍

一场大雪停不下来,是因为
那翻飞的前世今生在喋喋不休

攥住一把雪,就像
一把攥住了家乡

诗人沉浸在一种"雪"意象征的情境之中,"划过面庞的感觉""满天飘落的姿态",重拾人生经历中的记忆而以深切的回顾来面对眼前的大雪,背后的花草树木,皆在浩大归来的"隐忍"中引发内心难以遏止的乡愁之思。诗的结尾是着意的点睛之笔，把"雪"与"家乡"紧紧地扭结在一起，"攥住一把雪"的行为动作奠定了诗的抒情基础，然后以比喻的动力机制把情感推向了题旨的高度，"一把攥住了家乡"，让"雪"与"家乡"融为一体。10行的短诗蓄满了诗人充沛的感怀，天地浩大，茫茫翻飞，一如"前世今生"，有无限心事说也说不完。读广富的诗，有一种高入云端的大气，有一种灵魂虚渺的旷远。

正如刘勰在《文心雕龙》中所说："是以意授于思，言授于意；密则无际，疏则千里；或理在方寸而求之域表，或义在咫尺而思隔山河。"这里的"意"和"思"都是心性的主观形态，诗意即是在想象的空间里获得远近驰骋的自由，进而实现一种写意的大境界。于广富的诗从具象的事物开始，由"大雪"来拓展象征和思辨的诗性内涵，使乡愁的抒写似在不经意中抵达了人情和人性的深度。

从总体看，广富的诗善于从大处着眼、小处落墨，许多诗写得视域开阔、思维舒展，造情造境都能波澜不惊，在冷静的心性中追求诗意抒写的张力效果。我特别喜欢他带有某种纪实色彩的诗作，平静中进行叙述，表现出一种自在从容，具有独特的人生况味。比如《凌晨，列车穿越小半个中国》一诗所呈现的生活内容，

III

虽写的是日常的平凡经历,但却把人引入一种深长思之的情境之中:

2015 年 7 月 19 日
K906 次杭州 12:25 发车
至太原,软卧车厢,12 车 3 号下铺

印刷体,字迹工整而清晰
一张蓝色的硬纸片,将旅人定位
在时间延伸的轴线里
用实名制划定空间的坐标

所有的姓名上上下下排列整齐
轨道上平行各色的梦境
滚动,丈量
从明媚到尘霾之间的距离

一路向北的轰鸣
将我在摇晃中偶尔惊醒
浓密的夜色里,倚窗而望
所有的往事
都甩落在车轮的背后
消散成一道道模糊的风景

诗的整体构成虽有诗人的率性之思,但字

里行间那些实在的描述，让人有如身临其境的感觉。时间、地点的交代，凸显了诗的境界感，从文字的引导而进入其中，进入一种真切的现实性中来，为诗的生命体验和深度的思考铺设了一条熟悉的通道。在纪实性很强的诗中，虚化是非常重要的，不能一味地实，比如写车票，诗人注意用"将人生定位"来虚化"一张蓝色的硬纸片"的实在性，用"划定空间的坐标"来虚化"实名制"的实在性，在虚化中诗意对写实的内容实现了超越，使诗意得到了不断的强化。写到人，只说"姓名"和"排列整齐"，虽然也有虚化的成分，但还是写实的因素占主要位置，而后面的"轨道上平行各色的梦境"则是更大幅度的虚化。诗人写列车"轰鸣"，写人的"偶尔惊醒"，写夜色中对于"往事"的回顾，特别是"甩落在车轮的背后／消散成一道道模糊的风景"，都蕴含着足够的对于人生世界的深刻理解和最真实质朴的生命感叹。

咏唱亲人，咏唱土地和村庄，是广富乡愁情感表现中非常重要的内容。诗集有很大一部分是写父亲母亲以及乡亲朋友的诗作，从感怀和反思的角度来反映亲情、乡情的深度，充分体现了诗人真挚的情感世界。《家谱，一卷泛黄的血脉》是一首通过"家谱"来缅怀先人的诗作，"路远，天寒，风硬／闯过苍茫的雪线，

眼眸里 / 饱含着山东故园的无限眷恋 / 铺天盖地的饥荒，驱赶着饥民 / 用拐棍去丈量通向关东的漫长 // 垒灶盖屋，开荒种田 / 诺敏河畔寂静的荒原上 / 一缕炊烟，扬起生命的期冀 / 黑土地肥的流油，一根手杖 / 插进去，便落地生根，开花结果 // 祖先用足迹梳理道路的荒芜 / 把时间积淀成纸张的旧色 / 一卷家谱，确切说是支谱，在中堂 / 默默绽放。血脉奔涌，传承有序 / 在姓氏的道路上绵延，生生不息"。作为闯关东的后代，远望祖先在一条求索之路上的奋进跋涉，终于在黑龙江的黑土地上扎根繁衍。风雪茫茫，饥荒铺天盖地，诺敏河畔的炊烟提示着"生命的期冀"，而家谱上的先人早已融入黑土的精魂，成为北国山河不可分开的一部分。广富的诗在一张写着先人名字的纸上幻化出一幅开荒斩草的图画，手杖落地生根，梳理道路的荒芜，血脉传承，姓氏绵延，在动态中构拟了宏阔悠远的创业风景。

读广富的诗，深感到他是一位有着极好天赋的诗人。由于多年的钟情和修炼，他的诗已经具有了生命的深度与广度。我没有浮夸的意思，多年来据我的了解，他因生计常常中断写作，有时甚至是有一搭无一搭的。即使是这样，广富的诗性精神是深入骨髓的，文字之间潜隐着真气和大气，这是一种天赋和底蕴使然。《每一片云朵都是我的亲人》是一首语感和角度都很出色的诗作,诗的想象空间开阔,在景与情的融洽中做到了虚实相生,情境和意象中深寓着诗人对亲人发自心底的怀念。"那晚的红月亮,还挂在心里 / 无数的仰望,托举着那一刻的惊艳 / 而天上的云朵依旧那么从容 // 边缘镶嵌了红晕的云朵,自由自在 / 见惯了风雨雷电,月圆月缺 / 在目光森林的上空,和风儿从容对话 // 云在高处,月亮在云朵的高处 / 更高处有很多神秘事物,默默注视着 / 低处,更低的是安放尘世的大地 // 一片云朵就是一个离我而去的亲人 / 我永生永世的亲人,在月光下生动如初 / 所有的护佑从云朵伸出,拥我入怀……",写天空的月亮和云朵,以深切的想象拓展情思,神秘的宇宙自然,万物从容对话,"一片云朵就是一个离我而去的亲人",月光下永生永世的亲人,在云朵中伸出护佑的手拥我入怀,灵动飘逸的境界,融入了不无沉郁的情感底色,悠远而不失厚重。

《天目山·禅源寺》是一首行吟写景的诗,诗人广富在游览之中着力强化了内心感悟的力度,在自然的诗情画意之美中,以思辨性的语言来充分体现"思"的深度。

  天目山,玄妙的名字可分解成天目和山
  搭着一蓬阴凉,仰望天空

在如期而至的台风缝隙里,巍然不动

竹林的清风摇晃绿叶,顺势滑下拨弄一汪池水
此起彼伏的蝉鸣,一波波柔软的击打
落在呼吸的节奏上,唱和着暮鼓晨钟

黄色的光芒依山而立,庄严宏伟的殿堂
在指引,在召唤,那些怀揣善良的信徒
丛林覆盖的幽径里,用脚步丈量着虔诚和慈悲的距离

一座优雅从容的山,一座俯瞰万物的山
在夏日的灼阳里,打起精神
以看透世事苍生的姿态,心海无岸,挺立不语

　　写名山写佛寺,诗人进入了禅意的境界,在自然万物面前,反思人生,叩问灵魂,把自己的感悟与山川风物所涵纳的哲学意蕴融为一体。诸如绿叶、池水,或是起伏的蝉鸣、殿堂的宏伟,都为诗意的律动而存在,山与人皆立足于世,四季的呼吸流动,万物之美的情境,唱和着暮鼓晨钟。一座山"以看透世事苍生的姿态"面对人生世界,成为诗歌精神的物质支撑。不是议论,不是直言之,诗人广富所追求的形而上诗意境界即可见一斑。

诗人雷平阳曾说过:"生死有艰险,乡愁无穷尽。这些我身边的画卷足够我写作一生。为此,我深知,作为云南这片土地上像一棵树一样的生长者,我的写作永远没有高高在上的时候。如果诗歌真像人们所说的那样,像一座殿堂,它应该修在山水的旁边,村庄的大树下,人们触手可及的地方。"(《诗歌不是高高在上的》)诗在乡愁之中,诗在土地和生存之上,诗不是高高在上的神,而是俯身于泥土、村庄的质朴的亲人。广富笔下的北方黑土地就像雷平阳的云南故乡一样,是生命血脉融入一方水土的标本。

乡愁,具有极大的丰富性,如流泉之水取之不尽。于广富的许多诗作都沉浸于乡愁的情怀之中,酿造深切的诗思,摇荡情性,意绪浑然。比如《独坐孤山》一诗只是简笔勾勒,却能在古朴的情境中理清厚重的人性旨归,"夕阳就这样慢慢滑落/那些摇曳的野草,抖落/最后的光芒//远处的几座老坟,更加寂寥/注视着下面的山村/在夜幕拉上的一瞬间//我分明看见那就是星辰/被黄土掩埋的星辰,默不作声/坚定守护着脚下的村庄",村庄与土地,一代代人接续生存繁衍,离去的人就像夕阳滑落,走进"几座老坟",最终回归泥土。他们是埋进黄土的"星辰",他们的理想和希望是曾经照亮世界的光芒,人虽离去，但光芒不灭，他们以人性的永恒性守护脚下的村庄。

开花调的深情咏唱，是对故乡的一种定位，但最为主要的是生命精神的指向，童心尚在，诗的根就扎在广袤田园的沃土之上。广富的诗中对于父母养育之恩的切切感念，对于泥土村庄的动情吟咏，尤其对于当年的朋友故旧总是念念不忘，让自我回到那些美好的日子里，思绪一如风云回环往复，内心激荡不已。《诗人沈彩初》是对当年一位诗人朋友的深情追忆，往事的细节可见情深义重，"当初以为是女生的彩初 / 是个典型的东北大汉 / 英俊坚毅，挺直的腰板依然是军人的风骨 / 嗓音粗粝，语速不疾不徐 / 深邃的眼睛，眨动间泛着悲悯的目光 // 那时的彩初还在乡镇工作 / 二十里地的距离，经常用自行车和 / 摩托车去填补 / 大碗喝酒，大块吃肉 / 然后我们谈诗歌，谈梦想"，许多陈年往事萦怀，自是初心不忘，友情在广富的心中占有重要位置，是他诗歌乡愁不可或缺的人情亮点。最让我感动的是以诗怀念逝去的学长、好友、诗人魏氓，虽篇幅不长，却是蓄满了诗人内在的真性情。全诗录之于下：

# 羊年，怀念一只羊

——谨以此文纪念好友、诗人魏珉逝世 11 周年

一只羊的印记

在三个本命轮回中

被无情地抹平

标志性平头，和

灿烂的笑容，还有

那双清澈的眼睛

雕刻永远的造像

又是羊年

第四个本命年缺少了一个人

而众多的羊却浑然不觉

羊在撒欢的时候

没人读懂他的忧郁

羊在沉寂的时候

蹄窝里漾出怀念的泪水

一只苦命的羊

在虚幻的光环中

热爱粮食和土地

城市的繁华消解了纯朴

而疯长的纯真却充溢着羊骨

羊年，一只羊
沉睡不起
羊年，一个属羊的人
在我心中修造的坟墓里
鲜活如常

在好友魏氓离世 11 年后，广富写下了这样一首怀念的诗篇，诗中以逝者生肖属羊作为抒情契机，深切表达了怀念之情。诗中描述了好友的相貌，抓住了"平头""笑容""眼睛"，给人留下了鲜明的印象。诗的语言表达冷静、质朴，写一个人、一只羊、一个属羊的人，读来令人情动于中。魏氓是我和广富共同的朋友，英年早逝，如诗中所说"一只羊的印记 / 在三个本命轮回中 / 被无情地抹平"，魏氓在人间只经过三个本命年。广富与魏氓曾有许多朝夕共处的日子，深厚的情谊确是难以释怀。诗的结尾如此写道"羊年，一个属羊的人 / 在我心中修造的坟墓里 / 鲜活如常"，伤痛之情可见，心中的坟墓收留了永恒的友谊，一个属羊的人在心中、在诗里永远活着。

广富的内心世界之所以诗情茂盛，一个重要的原因是他的襟抱之中总是居住着童年和故乡，诗在深情的远望中书写深切的悲悯和广博的善意。我知道广富是个好人，他默默地生活，低调写诗，善性本色，有侠义之心。虽人生命运多有坎坷，但仍是书生意趣，始终断不了读书写作的根性，一路秉承诗意精神，笔下弘扬人间正道。多年来偶尔读过广富的诗，但这次细品《开花调里的乡愁》诗集，想不到整体质量如此之好，不能不说，广富终究是个诗人，多年的修炼，已有了丰硕之果。

习诗爱诗多年，这算一次总结。广富天赋极好，是块写诗的料，应该投入更大的力气，坚持写下去，写得痴迷，写得走火入魔才好。比起那些一大把年纪学习写作并取得了不错成就的人来说，即使从现在开始，也未为晚也。广富是一位真正的诗人，《开花调里的乡愁》就是最好的证明。他的诗深切感人，故乡风物，人情理道，他是信手拈来，而且字字入心，能写得这么好实在是很不容易。在他笔下，诗情和雪意弥漫，悠远的乡愁可谓楚楚动人，一本诗集或许是一次新的开始。在文学的远路上，我认定广富是一个极有前景的人！

（作者系中国作家协会会员，诗歌评论家。）

# 目　录

## 辑一　故乡，一直跟在我的身后奔跑

故乡，一直跟在我的身后奔跑　　/ 3
故乡的藤蔓爬满我的院墙　　/ 4
和母亲聊天　　/ 6
想起老木匠　　/ 8
中秋，我对着月亮长跪不起　　/ 9
一封家书　　/ 11
大白兔　　/ 13
那蓬守望村庄的草　　/ 14
我时常温习那些异乡的日子　　/ 17
乡村的夜晚　　/ 18
怀念锄头　　/ 19
葬礼　　/ 20
那棵老树　　/ 21
四季里的父亲　　/ 22
老房子　　/ 23
爸爸的栖息地　　/ 24
老家的村庄　　/ 26
北方的白桦树　　/ 28
老家的麦子　　/ 29
倾听，泥土里飘出的声音　　/ 30
每一片云朵都是我的亲人　　/ 31
独坐孤山　　/ 32

I

老屋　　　　　　　　　　　　　　/ 33
诗人沈彩初　　　　　　　　　　　/ 35
羊年，怀念一只羊　　　　　　　　/ 37

## 辑二　我迈过春天的门槛

我迈过春天的门槛　　　　　　　　/ 41
四月　　　　　　　　　　　　　　/ 42
端午　　　　　　　　　　　　　　/ 43
春天，分明就是一个动词　　　　　/ 44
此刻，我站在春天的背后　　　　　/ 46
想起梨花　　　　　　　　　　　　/ 47
春天，就是一个小小的细节　　　　/ 48
立夏，我分明嗅到幸福的味道　　　/ 49
夏夜　　　　　　　　　　　　　　/ 50
下午，品饮一杯绿茶　　　　　　　/ 51
午后，挂在篱笆上的喇叭花　　　　/ 52
盛夏，一缕蝉鸣涨满整个季节　　　/ 53
夏日，最后的一个午后　　　　　　/ 54
黄昏，雨滴循着节气的方向　　　　/ 55
初秋，一朵花的幽思　　　　　　　/ 56
秋天里的一枚落叶　　　　　　　　/ 57
这依旧是一个平常的秋天　　　　　/ 58
这个秋天，让我想起一个人　　　　/ 59
初冬夜语　　　　　　　　　　　　/ 60
二○二○年第一场雪　　　　　　　/ 61
大雪　　　　　　　　　　　　　　/ 62
冬天的日常生活　　　　　　　　　/ 63
久违的雪，填充灵魂的缝隙　　　　/ 64

节气‖大雪 /65
佛灯，一盏开示的莲花 /67
清晨，阳光打开我的心窗 /68
闭合，只为自己取暖 /69
此刻，一扇门在为我打开 /70
空寂，一瞬间的彻悟 /71

## 辑三　此刻，我只与月光为邻

此刻，我只与月光为邻 /75
午夜，站在旷野上仰望星空 /77
二〇一七最后的夜晚 /78
时光，就这样和我对视 /79
清晨，一个人的胡思乱想和絮絮叨叨 /80
阳光，一道耀眼的缝隙 /82
蝴蝶，凄美乐章的休止符 /83
凝望，一条河流去向 /84
黑夜书 /85
中年帖 /87
夜晚，我被黑色淹没 /88
飘落，以一场大雨的姿态 /89
和一截木头对视 /90
一个人的午夜 /91
行走，在风景的边缘 /93
练习 /94
人世间的风依然在吹 /95
尘世间有一种最深的痛 /96
一个人的时光 /97
在人间，所有的卑微都如影随形 /98

总有一些事物让我泪流满面　　　　　　／99
在尘世，每个人都在负重前行　　　　　／100
那些我所喜爱的事物　　　　　　　　　／101
不要轻易说出心中的悲伤　　　　　　　／102
月亮，手心里的一枚相思果　　　　　　／103

## 辑四　片断，记忆深处的花朵

片断，记忆深处的花朵　　　　　　　　／107
龙泉飞瀑　　　　　　　　　　　　　　／108
龙窑寺　　　　　　　　　　　　　　　／109
密林峡谷　　　　　　　　　　　　　　／110
太行崖柏　　　　　　　　　　　　　　／111
老井村　　　　　　　　　　　　　　　／112
云冈石窟　　　　　　　　　　　　　　／113
悬空寺　　　　　　　　　　　　　　　／114
外滩，蒙蒙烟雨里我们搓洗友谊　　　　／115
天目山·禅源寺　　　　　　　　　　　／116
宏村，一棵青藤的张望　　　　　　　　／117
凌晨，列车穿越小半个中国　　　　　　／118
盛夏，我带着棉袄去旅行　　　　　　　／120
七月，陷入楼群的丛林　　　　　　　　／122
家谱，一卷泛黄的血脉　　　　　　　　／123
旧物件，我用它擦拭灵魂的陈旧　　　　／124
一缕墨香，洇染汉字的灵魂　　　　　　／125
木偶戏　　　　　　　　　　　　　　　／126
驴皮影　　　　　　　　　　　　　　　／127
稻草人　　　　　　　　　　　　　　　／128
城市广场　　　　　　　　　　　　　　／129

| | |
|---|---|
| 左权开花调 | /130 |
| 听古筝曲《蕉窗夜雨》 | /132 |
| 听古筝曲《寒鸦戏水》 | /133 |
| 听贝多芬《命运》 | /135 |
| 公祭日 | /136 |
| 陨石 | /137 |
| 五月十日的天气 | /138 |
| 平阳路的晨雨 | /139 |
| 蒲公英 | /140 |
| 旧瓷器 | /142 |
| 一种天气 | /144 |
| 肾结石 | /145 |
| 葬花,以另一种形式 | /146 |
| 龙胆草 | /147 |
| 炮制 | /148 |
| 穿心莲 | /150 |
| 单方 | /151 |
| 中药 | /152 |
| 煤矿上的女人(组诗) | /153 |
| 午夜,地下深处的采煤人 | /156 |
| 原煤,一种经年沉睡的燃烧 | /158 |
| 纪事·矿工二旦 | /159 |

## 后记

## 跋:歌飞太行情意长

辑一 ✦

故乡，一直跟在我的身后奔跑

## 故乡,一直跟在我的身后奔跑

出来久了,故乡就凝成了一个符号
大平原的气味,浸润舒展的腰身
黑土地上长起来的汉子和庄稼
那种坚韧,烙进我的骨骼

透过逼仄的缝隙,眺望故乡的空旷
所有的沉重,随着云朵四处飘散
低头沉思的剪影,像老家的田野上
那颗成熟的籽粒,面对着沃土

风吹不散故乡,风一直在身边跟随
那蒿草,那流水,那笔直的田垄
那些在和不在的亲人,被风轻轻送过来
疾行的途中,我经常放慢脚步
故乡,一直跟在我的身后奔跑

## 故乡的藤蔓爬满我的院墙

一场说来就来的雨打湿了我的故乡
面北而坐,视线紧紧缠绕着老家的方向

平静的大平原,一如既往的厚重
始终是黑的流油沃土下,沉甸甸的底肥

鲜亮刺眼的晶莹,汗水,咸涩
在农忙时节浇灌着期待的收成

青纱帐不声不响地长出了隐蔽
循着笑声,就听见了乡村的爱情

季节拨弄的风声,穿过庄稼垛和粮仓
被一场猝不及防的大雪厚厚覆盖

冬天是幸福的温暖,火炕上盘腿唠嗑
烟笸箩里装满了家长里短

东北偏东的万物,轻易就装满了我的回忆
在夏日的雨后,故乡的藤蔓爬满了我的院墙

## 母亲累了

佝偻着身子躺在床上
一片树叶,就飘进我的眼窝
白天,还是要拉上窗帘
怕不知轻重的风,惊扰
母亲的休憩

此刻的床就是庄稼地
那一株坚韧的庄稼,依然
在守护着自己的孩子
在饥饿难耐的日子,会
毫不犹豫地收割自己

睡着的母亲轻声呓语
混杂着炊烟的味道,还在
召唤孩子们,回家开饭
轻轻地,我用湿漉漉的目光
洗去母亲积年的疲惫、沧桑

## 和母亲聊天

说的都是老家村的事儿
先是王老三欠债跑了多年
老了，又跑回到村里
老孟经常打后娶的老伴儿
于家的二小经常耍酒疯
刘三子杀人被枪崩
张成子经常打他糊涂的疯妈

又说起村校那个老实的王校长
和一个女教员好上，就离婚了
他前妻去了大庆照看孙子
因为儿子带一个女人私奔
都是被男人抛弃的婆媳
在一起守着孩子也有个照应

后来说起村里这些年死去的人
刘老大、陶三、谷大吃、二老歪的爹
孟家的哥儿俩、刘大夫、李罗锅
还有一个个我不熟悉的名字

母亲越说声音越低,此刻
天黑了,天上的星星比往日
少了许多……

## 想起老木匠

风,踮起脚尖穿过尘世
榆树安静,河水静止
几片榆钱儿散落在地

曾在树下休憩,并
看透了纹理的秘密
此刻,走失已久的老木匠
再也没有回来
一株树,长成了墓碑

我曾无数次攥紧命运
像一棵年轮紧致的树木
在刀琢斧砍里,成为
老木匠的得意之作

而今,只有风还在
渐大的风,没有发出声音
只向一个方向在吹
飘零翻飞的落叶
填满了老木匠离去的脚印

## 中秋，我对着月亮长跪不起

浩如烟海的文字和乐曲
把月亮浸泡在阴晴圆缺里，发酵
用时间和心绪去酿制
揭开心底的盖板，舀上一碗
品味，醇香或者苦涩
在味蕾上恣意泛滥
咂摸出团圆喜庆或者凄冷哀婉

没有了父亲佝偻的身影
日子就冷清而单薄起来
健在时，总是默不作声的父亲
偶尔一句话，总能
温暖着我平淡的生活
而今，我的心
却被一张黑白照片掏空

我凝望着夜空上的圆盘
在一年中最让人聚焦的铜镜里
远远地观察着我的面庞

透过面颊的线条找到父亲的印记
木讷、拘谨，黑黝黝的皱纹
透着泥土气息的父亲
又装满了我的眼窝

坚硬膝盖在月亮之下低垂
亲密触摸着大地，就像
试图用颤抖的手去抚摸父亲的脸庞
此刻的泥土是那么的亲切
骨骼下面分明感受到父亲的体温

此刻的匍匐，沉默而虔诚
跪拜，是我在这个中秋
与远在高处的父亲
唯一的团圆方式

# 一封家书

久违的面值趴在泛黄的信封上
八分钱邮票的右下角
圆圆的圈着家乡的地名
二十六年前的日期端坐中央
在默默打量岁月的过往

父亲的字迹就像老家的田垄
方方正正里疯长着朴实的庄稼
满是墒情、收成和家里的琐碎事儿
最重要的内容，是叮嘱好好学习
然后才是汇款的数额

汇款单和信就是脚跟脚的弟兄
两三天后就能去邮局领取父母的血汗
在信里郑重交代的数字
是父亲用卑微和尊严去东求西借
是母亲从母鸡屁股里抠出来的

常盼来信能带来家里烟火的气息

又怕清瘦的父母躲在信纸的背面为难
而今，我常常拿出家书仔细端详
那就是冬日里一粒粒的炭火
温暖着一个个鲜亮而清贫的日子

## 大白兔

那个怀揣忐忑的年代
只有在过年的时候
几块奶糖,才能
在兜里,蹦蹦跳跳

总是小心地拿出来,数了数
又恋恋不舍地放进去

实在忍不住了
就精心挑选一颗
把动作放慢,让舌尖专注
去舔食那点来之不易的甜
然后,把糖纸夹放在书页里
珍藏那些让人满足的细节

端坐在年代的肩膀上
明明心急火燎地想
吃一块糖,过程却充满仪式感

幸福总是在有点贫穷时
才显得那么庄重

## 那蓬守望村庄的草

一

风，或急或徐
任意吹走的一粒草籽儿
总在不经意间，落地生根

二

草和我的梦纠缠不休
它经常从路边悄然伸出
牵绊着我的脚步

三

割草
扛在肩上
一如我蓬乱的头发
一堆草就在村路上行走

四

借着双脚，走回了村子
用身体，去喂饱那些猪马牛羊
小院喧闹起来，生机涌动

五
翻地
把草根深埋在土的底层
可种子刚刚冒芽
草却嬉皮笑脸长出了一片


六
草总是试图和庄稼平起平坐
面对锋利的锄头
腰斩或除根
而草却从来不曾灭绝


七
枯草如被,安睡在房顶
落雪的日子
裹紧一丝温暖


八
柔软的干草
躺在鞋子里睡觉
捧着瘦骨嶙峋的脚


九
一年又一年
总有些老人不在了

总有些孩子出生了
实在看不出，村庄里的人
到底是多了一个，还是少了一个


十

总有些人走着走着
就被日子远远扔了下来
再也不会回来。而顽强的草
总是踩着季节的脚步，如期而至


十一

人注定只能在村庄里生长一季
在绵绵无期的日子里
是草，为每个临行不回的人
默默送行

## 我时常温习那些异乡的日子

整个下午,我在观察一株植物
思考环境、土壤、气候完全不同的地方
让你的叶子更翠绿,花朵更鲜亮
正如我时常温习,那些在异乡的日子

此刻光线散淡,温暖而明媚
一棵草在瞳孔里向植物的深处走去
视野空空荡荡,芬芳氤氲如水
瞬间的接近和触碰,目光结成的浪花
被沉默的石头悄然打散
一地飘零的落寞,纷纷扬扬

木质的坚硬总是包裹无声的柔软
年轮被凌乱如刀的时光打磨成缺口
若即若离的姿态里,我沉静如水
而对一缕阳光的迷恋
却让我的眼睛,一次次失语

## 乡村的夜晚

那是缓慢的乐章,从土地里一丝丝冒出来
层次鲜明,从浅灰到黑色的过度
这黑土地上的重墨,就是
一个镀在乡村灵魂上的色彩

夜的细声,是鸟虫的絮语
触碰着草木和露水,滑落一滴滴宁静
乡夜的声音清澈,透着庄稼的味道
清晰的声音,线条分明
到现在还远远敲打着我的心鼓

黑色,是另一个白昼的开始
安稳入梦,那酣睡的庄户人
含混的呓语都和庄稼有关
天上挂满的星星,在更高处
闪烁,并一直关注着大地的事情

## 怀念锄头

沉默的父亲一直陪着你弯曲着腰身
粗大的手指攥紧,厚厚的老茧贴紧
把握你就把握住了收成,那片锋利的薄唇
开合间,便铲除杂草,松土保墒
生动的庄稼地,因你而纯净起来

锄头和粮食是亲密的伙伴
饥饿的日子里,即使浑身酸软
面对土地,也要一丝不苟
必须睁大眼睛,打起精神,生怕
误伤一株秧苗,误伤那一把粮食

当下,你锈迹斑斑,孤独成蜷曲的标本
除草剂在顽强地侵蚀着肥沃的土地
失去力气的村庄,锄头自然退出了农事
没有杂草的时日里,寂寞的你心里长草一样
在房檐下,垂挂着一颗硕大的失落

## 葬礼

一群披戴白色哀恸的子孙
膝盖,跪着坚实
紧紧地压住这片土地
就压住了悲痛的蔓延

仪式,一丝不苟
响器的呜咽起起伏伏
每个人表情凝重而认真
泪花开遍了低沉的面庞

案几上的供品鲜艳而丰盛
烛火晃动,香火明明灭灭
纸钱随风飘散,上下翻舞
停放的灵柩充满肃穆的光芒

已经凋零的黑色肖像
在怀念的胸口绽放
一个人走了,很多的人在送行
一个过程,在诠释一个轮回

## 那棵老树

看着一代代人的来来去去
在村口,你始终静默不语
体内疯长的年轮
缠绕挤压着一圈圈的心事

飘摇的颜色在黄绿色系里
演绎着时光和季节,流逝或更替间
在空白处的枝丫下
割碎的天空也回味着那片阴凉

就这样,满腹掌故的老树
端坐如山
浑身密布的疤节清晰而闪亮
深植泥土的根须缀满了各种真相

## 四季里的父亲

东北平原上，父亲永远是劳动着的雕像
脑海里的父亲不是扶着犁杖，就是弯腰铲地
晨露沤透了衣服，裹着单薄的身体
湿漉漉的父亲就是夏天的符号

收获的季节，父亲的脸便舒展开来
挂满了平日少有的笑容
装满了收成的眼睛，生动而深邃
开心的父亲就是丰盈秋天的注解

雪花飘落的日子，清闲而充实
鼓胀胀的粮仓便成了父亲的领地
将军样的进进出出检阅劳作的回馈
杀猪喝酒的父亲就是冬天的映像

半年的寒冷，终于扭扭捏捏地走了
每天起早贪黑的喂养，黄牛膘肥体壮
闲得发慌的犁铧和锄头，又光亮起来
沉默播种的父亲就是春天的剪影

## 老房子

孤单地支撑，以度过更多的时日
沿着相对完整的结构，考证出残存的硬朗
房梁还在吃力地拉扯着坚固
肋间的檩条已经瘦骨嶙峋

曾经安居在这里的人啊，如今已不见踪影
或归于土地，或在一片新的土地上栖居
这座老房子看见过幸福、苦难以及生老病死
孤寂中，只有一座记忆在风雨中飘摇

斑驳的墙壁，脱落的墙皮
掉下了一个个老去的故事，被岁月咀嚼成尘埃
挤压中的痛楚，陈旧的往事在空旷的腹中反刍
低垂的檐角落寞着，凝望最后的归途

## 爸爸的栖息地

黄土下的宁静
一汪汪水,穿透冰冷的身体
最后的热度,在彻底
决绝的节奏里
长成了坚硬的墓碑

这片宁静掺杂金色的光芒
在血色夕阳滑落的傍晚
消解一条条弯曲的路径
一阵风,一只鸟,一片云

风景凝重而喑哑
安静,窒息的安静
没有路标,也
没有来去的身影
没有云,风声,鸟鸣
一切都焦急地飘过

黑暗,阴暗

在地下绽放

点点不知名的小花

等待歌声的耳朵

去聆听

## 老家的村庄

懂事的时候就觉得应该离开这里
更大一些才知道什么是逃离
春天开始的劳累
划过季节的更迭

直到缩手缩脚的日子
才领略了冬闲的单调和满足
村头那棵斑驳的老榆树
默默伫立,用自己的沧桑去张望

不知道她在这里站了多久
无声无息,又满目深情
迎来回乡小憩的倦鸟
又送走寻找梦想的游子

坐在别墅的窗前
看着自己侍弄的一块菜地
星星点点的绿意涂满了坚硬的心底

夏天的青纱帐，冬天的冒烟雪
春天的野菜，秋天的粮仓
小时候的厌倦写成了长大的向往

## 北方的白桦树

笔直永远是你站立的姿势
生生世世的淡泊
纵横交错的眼睛
观望,凝望,守望着
这片北方的土地

沉默是你唯一的语言
与世无争中
从没有过惧怕
你迎风长大并且直指天空

茂密的树叶和光秃秃枝丫间
从没听到你一丝叹息
漫天飞雪里
白色裹挟下的枯叶
是你沉重而又欣慰的注释

## 老家的麦子

那是一望无际的大平原
土地的边缘便是天空
疯长的麦子
充盈着整个目光

麻雀识破了稻草人的诡计
停落在上面叨啄着熟稔的道具
麦子昂着头
笔直的麦芒刺向湛蓝的穹顶

青葱的麦浪席卷而过
波波海涛一样涌动
麦农醉了
盘算着秋天的收成

仿佛一夜间麦子学会了思考
低垂着头,向土地致敬
似乎知道,你真的要离开了
蜕变成了粮食和麦农的喜悦

## 倾听,泥土里飘出的声音

雪野如常,掩饰着大地的秘密
一切的蛰伏都潜藏着生机

风掠过的时候,雪粒纷飞
枯枝动了动,抖落着凝固的水分

临雪而望,眼里灌满白色的苍茫
不远处,两只麻雀在蹦蹦跳跳

两个突兀的黑色符号,在雪面上写意
啾鸣的间隙,倾听着冻醒泥土飘出的声音

## 每一片云朵都是我的亲人

那晚的红月亮,还挂在心里
无数的仰望,托举着那一刻的惊艳
而天上的云朵依旧那么从容

边缘镶嵌了红晕的云朵,自由自在
见惯了风雨雷电,月圆月缺
在目光森林的上空,和风儿从容对话

云在高处,月亮在云朵的高处
更高处有很多神秘事物,默默注视着
低处,更低的是安放尘世的大地

一片云朵就是一个离我而去的亲人
我永生永世的亲人,在月光下生动如初
所有的护佑从云朵伸出,拥我入怀……

## 独坐孤山

夕阳就这样慢慢滑落
那些摇曳的野草,抖落
最后的光芒

远处的几座老坟,更加寂寥
注视着下面的山村
在夜幕拉上的一瞬间

我分明看见那就是星辰
被黄土掩埋的星辰,默不作声
坚定守护着脚下的村庄

## 老屋

一

青砖青瓦
古旧的老房摇摇晃晃
从清末到民国,从解放到如今
老屋不语,咀嚼着经历过的雨雪冰霜

二

檐头的瓦当被时间侵蚀
残破的历史呈现沉重的美感
斑驳的墙壁,地图样
描述着岁月的漫长

三

老人七十多岁了
用积蓄的青春购置这座两进的院落
巢样的老屋,养育的孩子鸟一样飞走了
忠诚的老屋守护陪伴着主人,一起慢慢变老

四

二十来间的老屋

堆满了各个时期的物品

清理的时候,什么都舍不得扔

子女悄悄丢掉的东西,老人总是偷偷再捡回来

五

清理后的老屋清爽了不少

老人踟蹰于一个房间,又一个房间

搬空的老屋和老人的心一样

空空荡荡

六

看到设计好的新楼房图纸

老屋松了口气,轻松之下

终于觉得要支撑不住了

老屋不语,默默等待挖掘机来送行

## 诗人沈彩初

第一次知道这个美丽的名字
是小城女诗人纳子推介的
而今纳子经常北京澳洲北海三地栖居
彩初也候鸟一样
往返于海伦和杭州天目山之间

当初以为是女生的彩初
是个典型的东北大汉
英俊坚毅,挺直的腰板依然是军人的风骨
嗓音粗粝,语速不疾不徐
深邃的眼睛,眨动间泛着悲悯的目光

那时的彩初还在乡镇工作
二十里地的距离,经常用自行车和摩托车去填补
大碗喝酒,大块吃肉
然后我们谈诗歌,谈梦想

去乡里找彩初成了我安慰自己的逃课理由
乡政府喝酒,村支部喝酒,预备役团部喝酒

里倒外斜的我成了彩初大哥的小尾巴
在师范和乡镇之间画着平平仄仄的轨迹

一晃快三十年了,如今喝的高档酒
却没有和彩初喝 2 元一瓶的白酒醇厚酣畅
最近我又成了小尾巴
跟着彩初接着写诗
动笔已经满月了,虽然稚嫩,却也充实

亲亲的大哥,诗人彩初
岁月打磨着我们的友谊,越发光亮
坐在屏幕前总结起来,你的关键词是
剑胆琴心,侠骨柔肠

## 羊年，怀念一只羊

### ——谨以此文纪念好友、诗人魏珉逝世 11 周年

一只羊的印记
在三个本命轮回中
被无情地抹平
标志性平头，和
灿烂的笑容，还有
那双清澈的眼睛
雕刻永远的造像

今年又是羊年
第四个本命年缺少了一个人
而众多的羊却浑然不觉
羊在撒欢的时候
没人读懂他的忧郁
羊在沉寂的时候
蹄窝里漾出怀念的泪水

一只苦命的羊
在虚幻的光环中

热爱粮食和土地
城市的繁华消解了纯朴
而疯长的纯真却充溢着羊骨

羊年，一只羊
沉睡不起
羊年，一个属羊的人
在我心中修造的坟墓里
鲜活如常

辑二 ✦

我迈过春天的门槛

## 我迈过春天的门槛

天空总是那么纯净,高远的
空旷,还在云朵上飘荡
微风吹拂,水面静若处子
季节,就在波澜不惊中无声转换

那些凝结的风景,柔软起来
蛰虫舒展腰肢,草木准备出走
鸟儿的鸣叫清丽了许多
所有内敛的事物,脚步欢快

此刻的远山,显然近了很多
冷峻的背影在目光里泛绿
我迈过春天的门槛,掌心向天
有一万种鲜活从指间滚落

## 四月

瞬间想起了
农耕、墒情和时令
回顾一场大雪
早已化作大地的泪水
浸润脚下的泥土

最美的季节
想起冬天
那片六角的标示
变成永恒的音符
飘洒，飘零，飘落

一群鸽子是你的化身吗
飞来飞去
始终看不清飘浮的轨迹
四月，美丽的四月
横亘着往事的壁垒
用温暖去融化、消解

## 端午

清风拂动,水面装满了天空
流走了两千多个端午,江水
依然,悄无声息

粽叶包裹着躯体,抱着
那一块沉重的石头,比家国还重
灵魂在高处,隐隐闪动着光芒

透过水面,我看见
鱼,瘦了
鱼,不说话

## 春天，分明就是一个动词

从词典中走出来的时候
一切都那么细微，用心去感受
雪野下的涌动，冰面上的裂痕
苏醒的土地，缠绕枝间的摇动
低处的枯草迎来一场复活
高处，燕子的剪刀穿过暖风

一夜间，所有事物的性状发生了变化
无声无息中，一种力量在张扬
水分沿着干涸的纹路上升
芽苞正试图挣破树皮的束缚
颜色突然鲜亮起来
内部的改变总是要从表面显露

天空高远，阳光明媚
从外而内的温暖，突破层层包裹的
肉身，柔软的光线抵达心灵深处
所有的生机都在这一瞬间萌发
拔节，散发着耀眼的光芒

此刻的春天，分明就是一个动词
我从心里掏出一截春天

几片枯涩的树叶，不甘地拉扯着枝头
寒风迅疾中也不舍放手，只有老树巍然不动

此刻的冰面，积雪拖拽着往事四散而去
鞋子小心翼翼，轻轻触碰着透明的坚硬

我与倒影的距离，就是这样近在咫尺
冰面下一定有很多的鱼，和我隔冰相望

俯首弯腰，低垂头颅，我双手从心里
掏出一截春天，透过冰冷去温暖低处的众生

## 此刻,我站在春天的背后

一树斜阳,透过枯枝
散落在白色大地上
冷风舞动的过程,决定了
写意的方向和内容

我折下一节僵硬的枝条
拨开积雪,观察隐居的土地
枯叶零落蜷曲,下面
一定有各种生机在蛰伏

此刻,我就站在春天的背后
口嘴紧闭,屏住声息
用骨子里恣意绽开的花朵
来迎候沉静已久的蜂蝶

## 想起梨花

那一树梨花总是开在梦里
一万朵的盛大衬托着季节

白茫茫的枝头随风摇晃
零落的碎片装扮着生活

总是在歌声里捡拾细节
把跌下的失落重新珍藏

春天我弯腰放下安静的灵魂
在梨园种上生存沧桑的籽粒

## 春天,就是一个小小的细节

节令的脚步疲沓而来
拖拽着一个季节应声而至
地上一眨一眨的花儿
静默观望着太阳月亮的轮值交替

一蓬野草勃发着生命的力度
从石缝间突兀出一抹顽强
风,柔和或强劲,直吹或盘旋
四处招摇着坚韧的身影

光秃秃的树林忽然生动起来
灰青、鹅黄、淡绿、翠绿
色彩的交替在证明一个命题
春天,就是一个小小的细节拼接而成

## 立夏，我分明嗅到幸福的味道

一棵树还在那里矗立，枝丫上
摇动的叶片，已经不是走失的那个
叶脉的纹路里，正流淌着夏天

此刻，阳光砸在地上的声音
是那样的透彻和响亮
瞬间，就淹没了我们的身影

所有的风景点亮我们的眼睛
挥手告别了春天，转身
就和初夏撞了个满怀

一些美好的约定正在相继走来
天气正好，香风微醺
立夏，我分明嗅到幸福的味道

## 夏夜

夜，来自一个未知的地方
不留死角地灌满尘世
密密麻麻，置身其中
眼睛里潜伏着黑色的碎末

那片清辉覆盖下
静谧中的草木吸吮着露水
灌浆和拔节的声音小心翼翼
怕惊醒一个充盈的梦境

狗吠的声音忽远忽近
而虫鸣则持续在耳朵里合唱
高高低低的呢喃，是生命的节奏
在黑暗中，比星星散落得更高更远

## 下午，品饮一杯绿茶

茶台通身透着暗红的色彩
彰显高贵的纹理紧致而缜密
透明的杯子里
嫩绿在上下翻腾
回应着温度适宜的热情

绿色藤蔓若无其事地在窗外摇晃
和舒展的叶片互动
安静端坐的时日里

一片片思绪不断地跌宕
在恬静的水里进进出出

一撮绿茶浸泡的过程
一段段人生便生动起来
直立的绿芽舒展成悦目风景
坐在茶台前，我默默地
我和芽尖对望成一株茶树

## 午后,挂在篱笆上的喇叭花

无精打采的光线
仍然炙热,午后某个时刻
一些叶子和花朵在窃窃私语
然后,小心翼翼地卷曲

偶然出现的一缕风,掠过
池水微微荡漾,又平复如初
上面漂浮着扭曲的太阳
散淡而模糊

篱笆撑起破旧而摇晃的身姿
曾经的藤萝攀附如常
蜿蜒而上的娇艳,绽放在
目光深处,一种火焰在升腾

有些声音,在耳蜗里
混响,嘈杂着昏昏欲睡的神经
而阴凉处那朵清丽的喇叭花
闭紧嘴巴,并且守口如瓶

## 盛夏，一缕蝉鸣涨满整个季节

灼热的目光里，植物卷曲着羞怯的叶子
坚韧的声音穿透夏日，蝉的腹部鼓荡
那生命的酣唱，一种倾诉响彻心扉

清晨，一滴露水在绿的底色上晶莹剔透
那是夜的泪滴，滋养着清亮的歌喉
密不透风的声音，瞬间就充满了哀婉的基调

收拢透明的羽翼，悄悄趴在叶子的背后
探出的视野里飘浮着雾气，分明在掩饰什么
脚下土地的深度里，坚硬的蛹依然跃跃欲试

秋站在夏的背后，云隐藏在光线之外
一切都是这个季节的镜像，而那只不明真相的蝉
躺在炎热的幕布上，不知疲倦地在应和着夏天

## 夏日,最后的一个午后

节气的序列严密而工整,一个午后
名义上,是夏日最后的一个午后
蝉鸣的声音比平日小了一些
一种热,依然还在游荡
而此刻的心,却感觉有些微凉

就是这样一个午后
临窗而坐,把玩一把紫砂壶
暗红的包浆晃动着岁月
内壁附着的茶香,透出时光浓酽
煮水汩汩,跃跃欲试
去冲泡叶尖上凝结的精华

这样一个安静午后
沉沉浮浮于秋的前奏
有虫鸟的声音在耳朵里窃窃私语
目光深处,一个丰腴的季节
清晰而流畅,从对面款款而来

## 黄昏,雨滴循着节气的方向

凉爽的小手挽住炎热的缰绳
所有的草木,都小心地聚拢过来
围观这个舒缓而惬意的黄昏

一场细雨淋灭了焦灼的声带
树叶背后的蝉,水塘里的青蛙
还有其他鸣叫的鸟虫,都闭口不语

宁静,此刻的宁静不同以往
一滴滴韧性的雨水,耐心地穿透盛夏
一丝鲜亮在疲惫的花心里驻足

雨滴就是透明的爬虫,从天空
到屋檐,循着节气的方向
把大暑甩在身后,爬向立秋,钻进白露

## 初秋，一朵花的幽思

季节的门楣还挂着一丝喧闹
暗香之下，艳丽如初
一朵花，压低面庞
萼片掩饰的粉嫩，如水
流淌着一丝丝柔媚

一场风的盛宴，悄然而至
毫无征兆的拥抱，微凉
落英缤纷的思绪
凌乱地点缀着泛黄的绿草
等待暗夜来临，与星星对视

花丛的尽头，还是花丛
曲径的前面，还是曲径
即将散尽的一袭幽香
隐藏在时间的背后
氤氲着轮回的宿命
期待，下一个不期而遇的节令

## 秋天里的一枚落叶

转眼间,燥热的温度就悄然蒸发
微凉的秋风在瓦蓝的天空下摇曳

树与树之间,窸窸窣窣
一些泛黄的树叶在窃窃私语

候鸟忙碌不停,飞来飞去
要把最后的景色装进眼睛里,带走

偶尔有一枚落叶,在风中跌落
干枯的筋脉,不经意间就扎痛了我的心

## 这依旧是一个平常的秋天

这个秋天,和以往的秋天没什么不同
天空依旧高了许多,只是没有过去的蓝

太阳沉静下来,像一个成熟而又顽皮的孩子
在云朵的背后探头探脑,更多的时候是直面大地

秋雨还是那样从容,慢条斯理地来来去去
冲刷着燥热积存的尘垢,把所有的果实洗得鲜亮

一阵阵的风儿,厚重了许多,甩去了春的轻浮
甩去了夏的浮躁,通透而微凉
在打扫着季节的廊道

雁阵在空旷的云朵下排列,一个活动的"人"
在翅膀的托举中,循着旧有的轨迹纷纷出走

红和黄组合而成的主色调
依旧是这个时节的颜色
枯萎和收获依旧是平常秋天里的同一个主题

## 这个秋天，让我想起一个人

浑然不觉间，一阵风就把秋天吹到了眼前
踩着枯黄的落叶，漫步在凋零的柔软上
坚硬已久的心，无来由地悸动起来

凌乱的萧瑟塞满了双眸，迷朦中
一个生动的笑脸在脑海里绽放起来
拂去时光的积尘，一切还是那么鲜亮

同样的树林生长在同样的季节里
而流逝的岁月却拉长了青涩的记忆
此时的千里之外，你也在叶片上徜徉吗
.
往事总也填不满额头的沟壑，此刻
我用鬓边的飞雪观照你那一绺青丝
站在青春的对岸，怀念一起走进青春的时日

## 初冬夜语

远山捧着黑
张开双手扬撒
一切就模糊起来

野草抖落一下,干枯
脆弱的声音扎透了耳朵

该蛰伏的都已经找好住所
那些此起彼伏的召唤
一点点的,都隐退幕后

树梢上挂着那枚月亮
看上去更加黯淡
其实我知道,和我一样
胸中那团火,一直都在

## 二〇二〇年第一场雪

孤寂，一整夜
被沉闷的冬雷抖散，隐身于雨中
又在橙色的街灯里融化
它送来欢乐人的欢乐
让另一些人在瑟缩中颤抖

清晨上路的一刻，忽然
惊讶于雪的力量
那棵老树上被它压断的树枝
带着尚未凋零的叶子
露出新鲜的断面，和
长久的忍耐

## 大雪

毋庸置疑，我从骨子里喜欢雪
喜欢雪花划过面庞的感觉
还有它漫天飘落的姿态

我会看到青草、树木、野花
落幕于大雪的背后，和
再次浩大归来的隐忍

一场大雪停不下来，是因为
那翻飞的前世今生在喋喋不休

攥住一把雪，就像
一把攥住了家乡

## 冬天的日常生活

寒冷和温暖都无关紧要
此刻,我凝望檐角下
燕子丢下空荡荡窠巢
有些破败,一缕草的晃动
就轻易刺痛了我的心

屋檐下挂着的冰凌
在冬阳里,淡然而冷峻
凝结着前世的柔软
倒悬成季节的符号

檐角和燕窝之间
破碎的蛛网随风晃动
轻轻的摇摆中,分明看见
我的生活漏洞百出

## 久违的雪,填充灵魂的缝隙

冬天就是这样散淡、凛冽
绑架了季节,风还是不疾不徐
残荷依然,在将要凝固的水面写意
枯叶瑟瑟,所有的招摇都那么单薄

悄然而至的一场大雪,装饰着梦境
圣洁里睁开的眼睛,灌满惊喜
此刻的呼吸,那么惬意而通透
天地间的一切,都庄重起来

这样的际遇,定然要踏雪而歌
捧起雪花,六角形的亮丽
在掌心里恣意绽放,蜕变的清水
饱含着人间温度,去填充灵魂的缝隙

## 节气，大雪

阳光还是那么散淡
枯草在晃动，抖落着干涩
枝丫小心地抱着几枚蜷缩的枯叶
极力掩饰着树洞，隐藏着
那团冬眠的蛇
在没有雪的日子里，节气
就以大雪的名义悄然而至

骨骼间，穿梭着一种冷
伴随着僵硬和战栗
迎合这个尘世间的苍凉
在逼仄的边缘
只有呼吸，感知心动的节奏

面对无雪之冬
很多污秽和杂质聚集并在空中飘浮
寒风凛冽或者微风划过
都不重要，重要的是大雪
终究会如期而至，终究会

让尘世酣畅淋漓地圣洁一次
从天空到大地
从表面到内心

## 佛灯，一盏开示的莲花

铜碗里的一抹光辉
就是菩萨手拢的一朵莲花
橘黄的跃动，明灭间
传递生命的开示

檀香的气味深入骨髓
木鱼的清音，攀附诵经之音
深入人心，萦绕着
佛像似有似无的笑容

静夜，是无边的海
盏盏油灯在佛前开成一个花池
莲的深处，一张宁静的脸
审视，普度，跳动的火苗

点亮佛灯，眸子里的莲花便
次第开放，瞳孔中的意动
在与光亮安静的对视里
一念千古，融化时光

## 清晨,阳光打开我的心窗

暗黑裹挟的叶片依旧青翠欲滴
月亮的泪珠滚动,包裹着第一缕鲜亮
夜的碎片在浸泡里,破碎、消散

光线毫无征兆的抵达中,所有草木
睁开了眼睛,挺直了腰身
承接着扑面而来的温暖喂养

夜色浸染的灵魂褪去慵懒和倦怠
此刻天高地远,花儿芬芳
阳光,以温和的姿势拍打我的窗口

## 闭合，只为自己取暖

万物陷入时间的深井，凝固
鲜花和叶子，阳光和云朵
无语，陈列成静物

一只不谙世事的鸟儿，张望
曾经的林高树密，曾经的绿草摇曳
埋藏在圆圆的瞳孔里

所有的嘈杂戛然而止，静默
在日子里浸泡，用步履的沉重
去关闭世相，把彻骨的寒风拒之门外

## 此刻，一扇门在为我打开

凝神闭目的时节
一些世俗攀附着秋天的落叶
在微凉的温度里飘浮不定
此刻的阳光依然温和
散落的光线里，尘埃
荡起又渐渐落定

一种宁静从心底发生
明澈而空蒙的水浸润着通身
各色的光晕变幻着姿态
或远或近，旋转交织
总有一缕明亮穿透身体
刹那间，光芒注满了眼窝

一扇门关闭的同时，另一扇门
在不经意间，慢慢开启
总有一些已经发生的事情
在虚掩的背后沉默
总有一些不可触及的事物
在开合之间，顾盼不已

## 空寂，一瞬间的彻悟

一阵风和一阵雨总也纠缠不休
寒意或者暖阳，伴随心绪在飘荡

一个静坐无思无我的气态下
空蒙的沐浴，卸下满身的沉重

静念的瞬间，一切空，一切静
一切以心的出发，又复归于心

迷失得太久，以迷失之名
世俗得太深，以世俗之怨

动念的时刻，百鸟归寂
念的去处，万物复苏

放下，依然自在
拿起，万分沉重

一个皈依的历程，无须久远
一个向善的方向，永无止境

辑三

此刻，我只与月光为邻

## 此刻，我只与月光为邻

夜晚，独坐河边
碧波清亮，无数烛火
在水面上闪烁
星星点点
晃动着我苍白的脸庞

水总是淡然而去
有很多的悲伤在微澜下面
激走，一些忧郁也在顺流而去
这样的时刻，总能让人的
内心，平静如水

草木流淌银光，叶片上
露珠晶莹，缓慢滚动
透明的心事，滑过叶脉
惊醒，泥土里酣睡的虫儿

远处的各种声音抵达心底
那些日常烟火，和眼前的静谧

交织，对峙……
天地寥廓，人间喧哗
此刻，我只与月光为邻

## 午夜,站在旷野上仰望星空

寒风扫过面庞的感觉,生硬而凌厉
极目仰望,黑色淹没了瞳孔

此刻的月亮,越发朦胧
若隐若现的星星眨着疲惫的眼睛

我努力眺望着神秘的高处
那些走失的亲人一定也在那里注视着我

偶尔一道划破夜空的亮光
就是我心中的温情在天地间漫延

## 二〇一七最后的夜晚

桌前,独坐
茶叶沉浮在眼眸
从杯里拔出沉重的视线
把目光投向窗外,夜色中
星光疲惫,透过霾尘
窥探着人间的秘密

日子,就这样在清寂中
不露痕迹地从日历上滑落
掌心编织着蛛网,捧起
也粘不住岁月的痕迹

虚弱的月光,浸泡着
我苍白的面庞
此刻,那杯微凉还泛着茶香
端起往事,轻饮
微苦,咽下的都是
柔软的沧桑

## 时光，就这样和我对视

抬起被金属铐上的左手
分针时针生生不息，不停划过
岁月的圆盘，没有留下任何痕迹
晃动手腕的过程，也成了流逝的片断

时光就这样和我对视
瞳孔里塞满了细碎的脚步
在分针时针的缝隙中
观察那些我所喜爱的事物

总怕时间的脚步把我抛下
怯生生的，紧紧拽着它的衣角
面对着生命的窘迫，我只能
攥紧双手，直到
把它
拧
出
水
来

## 清晨,一个人的胡思乱想和絮絮叨叨

太阳懒洋洋挂上天幕的时候
算是起个大早,给菜地浇水
可怜的秧苗有些落寞
让我想起父亲侍弄的庄稼
想起儿时大平原上的青纱帐
青翠欲滴,定格在离乡的脑海里

别墅的院里,本该是花园
农民的儿子总想把它变成菜园
松土,施有机肥,下种,移苗,浇水
琐碎地按照程序进行着
可是长出的和想象相距甚远

百思,不得其解
一块钢筋水泥中的土地
土壤成分是否有了变化
楼群下的阳光是弱了还是更加强烈
流经瓦上的雨水和自来水
能否更好地滋润新绿

脱离沃土的耕夫是否会得到预期的收获

每天面对肥沃土地的时候总想逃离

成功突围后却觉得快乐在不断减少

生活水平和所谓的层次越来越高

内心的焦灼和欲望却淹没了纯朴

名车豪宅内安放不下一颗躁动的心灵

只有回归，去寻找过去的影子和内心的宁静

## 阳光，一道耀眼的缝隙

踟蹰间，一枚闪亮的果子悬在天空
是成熟的炫耀，还是掉落前浓重的哀叹
风不知道吹往哪个方向，而裹挟着众多内容
纷纷扬扬，尘土伴生的身体与生俱来

一声嘹亮，吹破垂悬的肃穆，有云朵在游荡
各色的形象在漫舞，在漫步，在翻腾，在游弋
上苍的表演还在继续，世间的肉体还在找寻温
暖的角落
风声中，一种妙曼的声音始终回响

突然而至，一道道瞬间光芒散落
怦然而动的灵光
在蛰伏中突围而来
逆光而上，逆风而行
一个巨大的缝隙中，有笑声，有歌声，有人影晃动
并虔诚皈依，在耀眼的光线里安然沐浴，婴儿样，
透明

## 蝴蝶，凄美乐章的休止符

从庄周的梦里挣脱出来
一路翩跹，翅膀上朵朵迷人的眼睛
找寻着那片安宁温馨的花园

离开梦境的飞翔过程，注定
充满了凶险，久远双飞的姿态
写成一段泣血的哀婉

丰富多彩的演绎，永远只有一个主题
而蝴蝶，在无助的飞翔中诠释
那只熟悉的乐曲，至今流传不衰

不肯停歇的翅膀，扇动成血色的花瓣
一朵朵爱情，便肆意绽放起来
而此刻，那蝴蝶，在梦境涟漪中时隐时现

## 凝望,一条河流去向

水,淡然而流,顺着沟壑的方向
源头在哪里并不重要
深深知道,一抹水的光辉,必然
来自心底最深处的洁净

就这样,自己流淌,随遇而安
不动声色中,悄悄改变河床的宽度和曲线
柔和的水,清澈见底,却
深不可测,汹涌的时候,也有激流

.

循河而望,岸边的苇草茂盛
装点着无声的动荡,而水流奔涌而去
从不留恋沿途的风景
此刻的河岸,我站成一块古老的石头
远处,烟波浩渺

## 黑夜书

浓重的墨瞬间就涂满了眼睛
黑色，在黑色之间
缠绕不休地拼接着时辰
瞳孔的光芒无法穿透氤氲的暗影
封闭，而后涌动
一阵阵不期而至的激流

骨髓深处，有血色的花朵
绽放，试图去突破致密的禁锢
偾张的方向依然循规蹈矩
柔韧的管路四通八达

灵魂的高处，寒风刺骨
一个冷战中抖落下来的尘土
此刻鲜亮得有些刺目
褪去的伪装砸在地上，溅起冰冷
凝固已久的心头
就有许多的明丽在向上攀爬

呼吸，轻松或者沉重
在急促的节奏里修炼着韵律
进进出出的吐纳
幽深而舒缓，距离
此刻显得不那么重要，一个过程
津津有味地往复不息

吃语是黑夜的注解
闭合之间，柔软的碰撞
突兀一排白色的坚硬
细微的缝隙里，有思想在流淌
没有光线干扰，自由而奔放

## 中年帖

几颗凌乱的果子摇曳着树影,此刻的太阳
在西北偏西,悬挂一脸的温和
一蓬秋草散发清霜的光芒,风有些冷
不知从哪个方向吹来
而飘旋的归宿却命中注定

那些青涩散落在脚的印记里
平仄地歪扭着,没有生长也没有腐烂
几个鲜亮的蓓蕾,曾遥不可及
而今那绽放的亮丽,定然走在凋零的路途

湖水不语,包容的平静清澈而深沉
波澜不惊的覆盖里,暗流和潜流四散而去
消解的意象里,有山在崛起
石头的硬度总是融化出柔软的嶙峋

日子,一个很难追赶的脚步
匆忙而慌乱,华丽的外衣在招摇中风干
地图里斑驳的盐渍长出了羁绊
一双掌心里的眼睛,伸出血红的瞳孔
总想抓住些什么,可摊开时却依旧两手空空

## 夜晚，我被黑色淹没

撵走阳光的月亮，又被乌云雪藏
一截截的光线被切割，丢弃
落地无声，却惊醒了静谧

此刻，荒芜还在疯长荒芜
一缕野草的气息包裹着枯干
我步履蹒跚，在方向的漩涡里打转

黑幕的背后，所有美好丢失了痕迹
睁大瞳孔，黑与黑互相纠缠
淹没，黑色填充起来的天地饱满而空旷

## 飘落，以一场大雨的姿态

云上的叶子，依然在云上浮荡
气流缠绕不可名状的冷，横扫而过
飘忽不定的轨迹永远暗喻那些固有的温暖

一种刻意保持的悠然，瞬间被急促划破
默默咀嚼的心事，流淌成阴郁的棉团
内心，坚硬的包围已经积聚如潮

必须放弃那些美好的形态，飘落或者滑落
以温和本质的水，暴雨积蓄的内在凌厉
从云朵的缝隙奔涌而出，倾吐成河

## 和一截木头对视

一段斑驳,堵塞着瞳孔
纹理抱着纹理,相依相拥
一轮轮暗暗涌动的微澜
此刻的凝固
心静如水

从青葱到干枯的距离
就是这么不长不短
曾经的枝叶繁茂
在刀砍斧锯里
一截截的零落
被时光雕琢成干枯

风吹雨淋日晒,依然
在不停打磨着心性
透彻的顿悟
面对腐朽的方向
在闭口无言的日子里
渴望燃烧,成了唯一的释放

## 一个人的午夜

一缕月色把房间洗得泛白
独坐,茫然打量着周围和内心
墙壁上挂着的时间,还在
按部就班地循规蹈矩
奔忙的秒针此刻显得凝滞
时针和分针还是那么不紧不慢

此刻的夜晚,恬静而空洞
刻度走过的声音,显得生硬刺耳
钟摆晃动的思绪
拘谨而机械,往复的循环
分明是来来去去的宿命
一团往事,在面无表情的搅动中
纠葛,并纷纷扰扰

烟雾飘浮的源头,很多影像
在明明灭灭中依次呈现
平静的呼吸掩饰着内心的战栗
一个人的午夜,端坐一隅

剪辑着一段又一段逝去的光阴
总有许多的片断无法拼接
在暗夜的思量取舍中，时隐时现

## 行走，在风景的边缘

叠加的日子堆满了窗口
沁凉的清风推送着秋的消息
摸着季节的扉页
却发现早已置身其中

不疾不徐地行走，在风景边缘
小心踏循着往昔的线索
突兀的枝丫上飘零着枯黄
过早地暴露了埋藏的秘密

总有距离在脚下不断延伸
一蓬蓬凌乱的草，点缀其间
在坚硬的道路上，蹒跚
便觉得，每一次磕绊都特别松软

# 练习

记不起从什么时候开始
面部肌肉,逐渐失去了活力
曾经丰富的表情,凝固成火山岩
沟沟壑壑地木讷起来

笑声,在喉咙的深处
徘徊着,始终穿不透生活的禁锢
一些爽朗,就零散遗落在
那些依稀可见的风景里

面对镜子,认真地开始练习
微笑,嘴角上翘的瞬间
两腮开满咸涩的泪花
我深深知道,每一个笑容的背后
都是咬紧牙关的灵魂

## 人世间的风依然在吹

那些星空中逐渐黯淡的光芒
已经消退,有的更接近于虚无

一只蝴蝶在残枝上逗留
那些曾经绽放的花朵
此刻已经不知所踪

尘埃落定时,发现
现实永远比预料来得残忍

## 尘世间有一种最深的痛

叫作冷,是的,冷
那些穿过人间的雪花
被揉进凄厉的风中
每一片曾经的晶莹,都在
翻飞中,成为刺痛灵魂的利器

曾经翻云覆雨的手掌
此刻,静静张开
托举着轻轻的沉重
树梢上飘落的星星
也会压弯挺直的手腕

骨缝里的冷,突破
每个缝隙,所有的防线
在细碎的冻结声音里
怦然瓦解,一种彻骨的痛
就是尘世最详细的注解

## 一个人的时光

阳光依旧深陷在眼窝里
闪动着金属的锈迹和斑驳
总是弯下腰身，拾捡
收集那些散乱的碎片

就这样，手捧着残留的温度
用力贴近前胸，就是
贴近自己的生命

指尖的青烟裹挟着过往
一个个片段在弹指间，凋零
盛满了透明的岁月

一个人的时光，总是
自由而漫长，忽近忽远的
路途，踽踽独行中
那个瘦弱的背影却愈发清晰

## 在人间,所有的卑微都如影随形

心已经放到最低处,就像低于河床的流水
还有远低于星辰的点点烛火
更低的,多是那些深不可测的事物

人间寒凉,更冷的是骨骼深处的风
在裂隙的连接处,伺机突围
而肉身必然是腐朽的,周身上下布满漏洞

土归土,尘归尘
最终的去处趋同
在人间,每一个孤独行走的人
身后带着所有的卑微,一如自己的影子

## 总有一些事物让我泪流满面

譬如那四月的梨花,端坐在冰雪里瑟瑟发抖
面无血色的苍白,构建一树凄清的盛大

还有那些挣脱肉体的魂灵,穿行在宿命的轨迹
每一次回望前世的瞳孔,都泛起悲苦的涟漪

而在尘世挣扎的我们,此刻依然是那么渺小
总是试图冲出束缚
却都被命运之手紧紧攥在掌心

所有柔弱的生命,在这个风吹雨打的人间
负重前行
路途中,总有一些事物让我泪流满面

## 在尘世,每个人都在负重前行

每个人的降临,都伴随
那声划破尘世的啼叫
宿命的真相就隐藏在哭声背后

云朵在天空悠然而行
草木在地上有序枯荣

所有的人,脚步
沿着一个既定的方向前行
不管顺途还是,逆旅
每一条路径都有迹可循

背负着与生俱来的沉重
行走间,腰身不断弯曲成
逐渐拉满的弯弓
把肉身踏进泥土
把灵魂射向虚空

## 那些我所喜爱的事物

月亮,总是那么宁静
满天星辰,就在她的身后
你看,那些从不争锋的光芒
就那样闪烁成夜空的背景

此刻,一滴草叶上的露水
沿着优美的曲线缓缓滑动
那种令人战栗的透明
浸润着我干渴的灵魂

远处的天际,有很多温暖在涌动
那种来自生命深处的光辉
就要刺透静谧的夜色
太阳总是及时现身,用光线洗涤尘世

此刻的鸟儿在欢快飞翔
那些低垂的葵花,用力抬起头颅
所有的草木焕然一新
晨光里一切
都是我所喜爱的事物

## 不要轻易说出心中的悲伤

很多时候,就着夜色咀嚼苦涩
指间的明明暗暗,勾勒成苍白的脸庞

更多的时候,是在阳光下微笑
嘴角上挂着欲言还休的烦忧

那一池清水,平静而沉稳
水底汹涌的暗流却从不轻易示人

坚强的缝隙内,充盈着泪滴
浸泡着内心深处的柔软

所有的经历都是一种修行
男人不要轻易说出心中的悲伤

## 月亮,手心里的一枚相思果

古老的月亮,就这样
一直悬挂在古朴的心里
淡淡的光晕
照亮着不古的人心

幸福的宁静
徜徉在古风犹存的光线里
秦时明月,映照
汉唐的飘逸和风流
平平仄仄里,装点着
诗词格律的风韵

江河湖泊的镜像上
永远有你的身影,一抹清辉
散发着稻谷麦黍的光泽和幽香
在任何地方掬起一捧水
里面都会有一个月亮

闪动间,流逝滴滴时光的汁液

剩下的，风干，成了一枚相思果
虽然每次都是两手空空
而这枚果子，在心里却充实而饱满

## 辑四

### 片断,记忆深处的花朵

## 片断，记忆深处的花朵

许多许多的片断
总是不经意跳出一个，两个，甚至更多
——闪过或驻足脑海
画外音中的欢愉或者苦楚
揉碎在心底凝成生命中的珍珠

片断是云的衣裳撕扯下来的
风吹往的方向飘忽不定
空白中便游弋着零碎的思绪
一段一段地试图拼接
却在手忙脚乱的剪辑中宣告失败

五味杂陈的片断，分明就是叶瓣
渲染组合成记忆深处的花朵
没有主题的花园，一朵朵花儿
纷纷开落，沉默的泥土上
曾经的芬芳飘零成星星点点

## 龙泉飞瀑

上午的阳光刚好
一枚红叶飘零的姿态
伴着滑落的瀑音
在耳朵里回响

向前，再向前几步
一股飞瀑就扑进了眼睛
太行不语，沉默中涌出
洗涤尘埃的清凉

此刻，飞溅的玉珠
在暖阳的拨弄下，光芒莹润
净水肆意倾流，那几十米的落差
分明就是肉身与灵体的距离

## 龙窑寺

木鱼捶打着耳鼓
梵音绵延不绝,观望
视野里没有巍峨的庙宇
不知众神在哪里安放

直达天庭的向上台阶
分明就是一炷高香
飘渺的尽头,诸佛端坐
一如既往,在那里安详地等你

一座宽厚的山掏空了胸膛
用信仰的骨骼支撑,静然肃立
悲悯中俯瞰众生,一直
在倾听纷繁的誓愿和忏悔

## 密林峡谷

人到中年,看了眼峡谷就知道
只要轻移脚步,一定能踏进故事里

密林里的四季大都是春天
每一个叶片都攥着一个爱情

壁立千仞的太行端坐两侧
一条路,只有一个方向

树木顶着天空,生恐一时的慵懒
让天地间的鸟儿无处飞翔

## 太行崖柏

千年的尘土滋生一蓬绿意
点缀着光秃秃的高崖
山石嶙峋的缝隙，勇敢而又专注
生长出一份执着和坚韧

静谧而空旷的崖壁
贫瘠是永远的主题
山间的劲风就是一双巧手
打造着一株株飘逸灵动的剪影

天地的精气注满干枯的躯体
致密坚硬且满身瘤疤
厚实包浆散发悠远醇厚的淡香
纹理流水般挥洒岁月的光辉

濒危的植物活化石
委身成匠人手里的作品和玩物
根雕，手串，手把件……
明码标价成文玩客们雅趣下的罪恶

## 老井村

遍布山旮旯的处处枯井，分明是
干涸而茫然的眼睛在遍地睁开
空洞的眼神写满了对水的渴望

太行山高耸，清漳河凝重
薄石板屋顶铺陈着凌乱的期盼
选址，打井，再选址，再打井，年复一年

不停地寻找和挖掘，失望把汉子的腰渐渐压弯
贫瘠的土地上，念想和庄稼一样，枯了
偏僻的村落在昏黄中，逐渐苍老

一代一代地挖掘，一代一代地寻找
终于有一只深邃的眼睛，涌出了热泪，诠释着
执着和坚韧，永远是黄土地厚重的符号

## 云冈石窟

风化的时光伫立在龛窟
香火,绵延缥缈
那份久远的膜拜锈迹斑斑

一座造像
法相庄严,淳厚的手掌温暖而立
朝着普度众生的方向

双眼空灵而深邃
是探寻悠远的极乐之地,还是
不忍目睹缺失信仰的拜谒

## 悬空寺

缭绕在崖壁上的庄严
在时辰的边际悠然响起

晨钟暮鼓的点化
时时敲击信徒的耳膜

天人合一的共鸣
在纯净的心海盘根错节

云中突兀的寺院
悬于半空的寺院

根基深厚,那是向善之心
托举千年,不坠

## 外滩,蒙蒙烟雨里我们搓洗友谊

飘洒的雨雾作为背景,衬托着惬意
此刻的外滩,浪漫而风情万种
一场说来就来的小雨
慢悠悠冲刷着积落已久的灰尘

一个脑海里盘踞如石的身影
被车票推送到我的面前
没有拥抱和热泪盈眶,会心一笑中
分别多年的相见,竟然平淡无奇

男人式的互相拍打,空白的时光
便纷纷抖落在湿漉漉的地上
捧着陈年的往事,互相翻看
放在兜里,拍了拍,原来一直都在

剪辑,对接,散落的岁月胶片
在细雨中,用共同的回忆去搓洗
泛着亮光的彩沫,伴着清风四处飘舞
再抖一抖,久违的友谊便鲜亮如初

## 天目山·禅源寺

天目山，玄妙的名字可分解成天目和山
搭着一蓬阴凉，仰望天空
在如期而至的台风缝隙里，巍然不动

竹林的清风摇晃绿叶，顺势滑下拨弄一汪池水
此起彼伏的蝉鸣，一波波柔软的击打
落在呼吸的节奏上，唱和着暮鼓晨钟

黄色的光芒依山而立，庄严宏伟的殿堂
在指引，在召唤，那些怀揣善良的信徒
丛林覆盖的幽径里
用脚步丈量着虔诚和慈悲的距离

一座优雅从容的山，一座俯瞰万物的山
在夏日的灼阳里，打起精神
以看透世事苍生的姿态，心海无岸，挺立不语

## 宏村，一棵青藤的张望

抖落北方的尘土，轻轻迈进沧桑的门槛
一幅乡村的水墨画，浓淡相宜
宏村的生动在沉静的底色上扑面而来

曾在很多的古村古镇古城留下了脚的印记
单薄的身体从喧嚣的声浪中侧身而过
摩肩接踵霓虹闪烁不断在淹没疲惫的步伐

面对宏村，就是面对一幅山水长卷
袅袅升腾的千家烟火，水面里沉静的粉墙青瓦
栋宇鳞次，挺起徽州骨子里的厚重

青石街道的汩汩流水守护着幽深的巷门
雷岗上参天古木在历史的滋养里，繁茂如初
探出民居墙头的青藤
不停地在现实和过往中张望

## 凌晨,列车穿越小半个中国

2015 年 7 月 19 日
K906 次杭州 12:25 发车
至太原,软卧车厢,12 车 3 号下铺

印刷体,字迹工整而清晰
一张蓝色的硬纸片,将旅人定位
在时间延伸的轴线里
用实名制划定空间的坐标

所有的姓名上上下下排列整齐
轨道上平行各色的梦境
滚动,丈量
从明媚到尘霾之间的距离

一路向北的轰鸣
将我在摇晃中偶尔惊醒
浓密的夜色里,倚窗而望
所有的往事
都甩落在车轮的背后

消散成一道道模糊的风景

一路上的站点,不动声色
吞吞吐吐间的
迎来送往
卸下了一批又一批疲惫

此刻的列车
不疾不徐,淡然前行
正穿透柔软夜色
在阳光灿烂之时,如期抵达

## 盛夏,我带着棉袄去旅行

流火的七月,飞机的翅膀触摸着太阳
此刻,我的棉袄紧贴着我
一起看白云铺天盖地,一起去猜测
这云朵是谁种下的棉花
美丽的图案是如何组合的
.
一个普通的暑假,一个平常的夏日
对小棉袄来说却特别新鲜
她的梦想滑翔升空,已经落地
用稚嫩的脚丫去踩一踩江南
用清澈的目光去走走课本里出现的地方

扭扭捏捏的梅雨在迎接着我们
湿润和凉爽一直陪伴左右
我累了,小棉袄为我拂去疲惫
她累了,我把笑容扛在肩头

胸膛里的幸福来得如此容易
在北方的煤都

清爽的呼吸就是难得的奢侈品
我们如乞丐样潜伏进宝库
大口大口深呼吸
恨不得，能把整个江南
吸进肺里

## 七月,陷入楼群的丛林

城市的标高在攀比的土壤里不断疯长
灌满泡沫的欲望,支撑起来的楼市
在半空悬浮而摇晃,而那些
聪明透顶的生灵,绞尽脑汁在预测
砸下来的,到底是奇迹抑或破灭

丛林幽深的迷乱中,希望变异成
焦渴的压抑,方向感迷离
玻璃镜面的光线,突兀而刺眼
反射一个黄金时代的回光

霾尘无孔不入,羁绊着行走的身姿
失去视线的空洞,茫然无措
钢筋水泥预制的繁华里,找不到
朴素,却开启温情和信任的钥匙
一把把锈迹斑斑的锁,淡漠而无解

街道上的蜗牛,慢悠悠驮着钢铁躯壳
最初的鲜活,拥挤中已丢失殆尽
而行走的脚步,在散发刺鼻气味的
路面上,远没有踩着深厚的泥土,来得踏实

## 家谱,一卷泛黄的血脉

路远,天寒,风硬
闯过苍茫的雪线,眼眸里
饱含着山东故园的无限眷恋
铺天盖地的饥荒,驱赶着饥民
用拐棍去丈量通向关东的漫长

垒灶盖屋,开荒种田
诺敏河畔寂静的荒原上
一缕炊烟,扬起生命的期冀
黑土地肥得流油,一根手杖
插进去,便落地生根,开花结果

祖先用足迹梳理道路的荒芜
把时间积淀成纸张的旧色
一卷家谱,确切说是支谱
在中堂默默绽放
血脉奔涌,传承有序
在姓氏的道路上绵延,生生不息

## 旧物件，我用它擦拭灵魂的陈旧

沾满过去的光阴，安居一隅
厚厚的积淀，透着岁月深处的沉静
我常常用目光去擦拭，你驳杂的蒙尘

回忆的碎片，构成这组旧物的方阵
检阅，更是梳理，凝视时，我蓦然发现
你平和的背后，分明散发看透世事的淡然

躲避喧嚣的时候，驻足在你的面前
总有一些物件，在我视线里疼痛
并把我轻易地淹没

囤积已久，仍然不忍舍弃，恐怕洒落
缝隙里积存往昔的委琐和愧疚，而今
喜欢这隐居的陈旧，她时时擦亮我的灵魂

## 一缕墨香,洇染汉字的灵魂

一抹幽深,在心灵的空间洇染
纸笔之间,黑色的沟通,洒落下来
便涌出恣意的放纵与安闲的端丽

墨香盈盈,冷艳只为掩饰骨子里的孤傲
岁月研磨,流淌着禅机与感悟
铺陈,浸润中,真草隶篆饱满而鲜亮

墨是黑色的魂魄,精灵般游走
笔锋在泛黄的宣纸上,出世,入世
笔指春秋,墨染江山,书写似水流年

一缕墨香在千年萦绕中,色彩凝重
且风骨犹存
笔落千秋,铿锵作响
沸腾着方块汉字那不朽的
灵魂

## 木偶戏

锣鼓敲开遮掩的幕布
看不见的手，操纵，精彩纷呈
卖力气的配唱陡然响起
咿咿呀呀间，玩偶生动而鲜活
观众，明知真相，却沉醉其间

## 驴皮影

一头驴,以另一种方式复活
灵动的颜色,在幕后奔波
生死轮回,一直在圈圈里打转
活着,那一声声哀恸的嘹亮
幻化成死后风干的伴唱

## 稻草人

被赋予虚张声势的一刻
你就成了威风凛凛的将军
守望,在麦田的深处
借着风势的余威,驱赶
不明真相的麻雀

膨胀的日子,你站在季节的肩上
倾听风声,伴着枯草断裂的声音
没有脊梁的上半身,努力
挺得更直,自知根基太浅
尽可能去掩饰那简陋的腿

鸟虫蛰伏的夜晚,月光下
一颗露珠也能滋润你干涸的心,你深知
没有麻雀就没有你存在的理由
对手的眼里,你声名显赫
其实那空空的胸膛,塞满了无奈和孤寂

## 城市广场

丛林以挺立的姿态崛起
鳞次栉比之类的形容词
永远撵不上钢筋水泥拱起的频率和高度
天空,干涸湖水般日渐缩小为一面镜子,反射着
炽热而又苍白刺眼的光芒

广场在焦灼的丛林中落户
精致而又微型的造景
让人去扑捉森林的意象
城里的人们总是在这里
回想遥远的绿色与清新,然后
在灰色的霾雾里,压抑着呼吸并望梅止渴

老人,中年人,年轻人和孩子们,在广场上
休闲、散步、健身、嬉戏
几种广场舞音乐声嘶力竭在混响
城市病了,且无药可医
广场就是丛林中的陷阱
人们深陷其中却又无法逃离

## 左权开花调

一声吆喝
撩开抒情的面纱
朴素的词句,漫山流溢
脱口而出的心思
便成了口口相传的小曲

桃花红了,杏花白了
花椒树开花,山丹丹开花
铁树开花,石榴开花
随手拈来的比兴
驱赶着悠闲的羊群

红豆蔓高来黑豆蔓低
青石板开花,烟袋锅开花
门搭搭开花,小椅床开花
随处可见的物件上
满满的,都是阿哥阿妹的心事

嘴说不想不由人

想和你说话不敢吭

白日里想你黑夜里梦

把哥哥送出了大门外

不想走了你就返回来

质朴,憨厚,直白

语言的力量肆意流淌

开花调里活着

太行山祖祖辈辈的乡民

恣意的民歌在血管里涌动

并浸透骨子

## 听古筝曲《蕉窗夜雨》

叶丛抽出的淡黄
阴郁中,扑满了窗棂
清寂的夜晚
嘀嗒嘀嗒,乡思在流淌

一声声渐近渐远的沉重
捶击着孤单的心房
暗绿而肥厚的叶尖低垂
滑落着旅人的离殇

抑、扬、顿、挫
吟、揉、滑、按
轻拨,勾指,扫弦,大跳
一双纤手拨弄着乡愁

沉闷的雷声远去
夜雨渐歇
淅沥声中,清澈的眼睛在凝望
远方的故乡

## 听古筝曲《寒鸦戏水》

轻柔的筝音在指尖散落
一个秋天便飘然而至
湖水清澈
蒿草杂芜
水冷沙寒

簇簇芦花托举凉意的苍白
一群鸥鸟无忧无虑
轻移碎步
悄然划开秋的天空

水荡漾，云悠悠
追逐，嬉戏
曾经飞翔的翅膀拍打水面
挑起，又滑落
纷纷扬扬的思绪

近处的浅水
一只鸥鸟梳理羽毛，间或

向天上凝望

远处的深水

两只鸥鸟相互深情遥望，而又

闲静无语

流水淙淙

枫叶飘悬

缓捻慢挑的弹拨中

流溢出一幅秋天的水墨画

生动而又清晰……

## 听贝多芬《命运》

刚劲的琴声陡然响起
震颤，震颤
一双无形的大手
敲响命运之门

风儿掀动喑哑的涛声
一波陷落，一波浮起
惊醒静谧的梦境
刺破尘世的喧嚣

神圣的音韵裹挟着锐利的尖叫
命运，命运之门
打开，敞开，洞开
逆袭的月光照亮苍白的面庞

命运，命运
那就是凌乱的脚步
踩踏着坚定的音符
一往无前

## 公祭日

头颅，低垂
八十年，三十万生灵
血腥写就的罪恶
压在民族的心头上
坚如磐石

让和平钟声驱散战争的阴霾
聚啸的鸣笛喷涌澎湃的国家意志

面对过去的贫弱和凋零的生命
骨骼和脊梁有种力量不断滋长
长成淬火成钢的镰刀斧头
长成坚硬如铁的拳头

每个冰冷的名字组成了屈辱的历史
而历史，就是一面镜子
时时擦拭，能照亮自己坚毅的面孔
和脚下的路……

## 陨石

滑落的姿态沉重而优雅
透着前世的浩大和繁华

落地的一刻,因大小、种类
就注定了不同的价值和属性

滚烫的瞳孔面对着大地
只有惯性才能左右落脚点

默然安稳的姿态,总是
不语,面对人世间的冷暖

分明是上苍跌落的眼泪
以冷峻的内核,凝结而成

## 五月十日的天气

弥漫着氤氲的波动
一缕一缕烟雾把孤独带出窗外
明明暗暗地吮吸
烟头眼睛一样眨了又眨

雾气中的丛林
像披着盖头的新娘
让人猜想红布包裹的脸庞
雨,滴滴滑落
慢慢,汇集成心事在流淌

案头苍白的台灯
和我默默的注视
一本本打开的书横七竖八躺在桌面上
分明就是一块块歪斜的石板
踩踏间,岁月就这么悄悄走了

## 平阳路的晨雨

老树的叶片低垂
凝视着脚下的泥土
水珠轻轻地滑落
渗透了一个季节的坚硬
一蓬心事便茂盛起来

不知名的花儿
紧跟节气的步履
盛开又凋零

落英凌乱
在默默的叹息中
回味着绽放的时光
眼下,只能委身于泥土
等着下一次的芬芳

## 蒲公英

星星点点的绿
总是被春天挤压出地面
鹅黄的希望
撑起一蓬蓬的花伞
旗帜般昂起
毛茸茸地包裹着圆圆的梦想

雨淋
风吹
一枚枚轻飘飘的种子
漂浮，飘荡，漂游
上上下下
四面八方

一只只光秃秃的伞柄
就是空洞而充满羡慕的眼睛
视野中却没有了移动的轨迹
渴望逃离的花柱
真的不知道

飘散在广袤的天空中

看着自由自在

但又是身不由己

## 旧瓷器

静静端坐着
以经年逝去的姿态
穿越岁月的河流
曾经你的前身
你骨子里的泥土
是砂岩,是坚石
还依旧是原来软弱
不可预知的将来
比无法抵达的过去更可怕

摆弄泥坯那双筋骨突兀之手
抚摸出你曼妙的曲线
那炽热窑体
残骸和温度消逝如风并且了无踪影
灵性在出炉的一瞬
注入你端庄秀丽和美轮美奂
标签,关键词,注释
便有了不同的解读

陈列是孤独的作业

欣赏，贪婪，窥视，探究

各色目光浸泡的都是欲望

或者说，鉴赏

身上蜿蜒着纹路

成了演算价值的符号

摆脱考究的唯一指向

就只有默默等待

让时光的作坊接着研磨

最后的归宿

将永远是你骨子里的

泥土

## 一种天气

阴郁拉长了日子
一丛乱草疯长出湿淋淋的欲望
蝴蝶在目光里飞进飞出
一枚太阳却迟迟挂不上天幕

骨骼里传出拔节的声音
思绪凝固成一种固定姿势
明明灭灭的呼吸
在闪动的光点中放大

墙壁角落零落的青苔
散发暗绿光芒,低调而丰满
这个春天的午后
淅淅沥沥滴答着往事

## 肾结石

一块小小的石头
甚至称不上,只能说是
固体的微粒,固执地
镶嵌在下行的管路
疼痛,刺痛
在呕吐和痉挛中
抻长了难挨的时光

人体和微粒
体积无可比拟
可就是这么微不足道的小家伙
却让庞然大物
轰然倒下

微小永远不可忽视
就像不容忽视的伟大,一样

## 葬花,以另一种形式

那该是怎样动人心魄的颜色
鲜亮如初,暗香氤氲
季节因此而无比惊艳

阳光慵懒的包裹下,对视
一瓣瓣的清香铺满眼底
干涸的心里泛起了一丝潮湿

注定背后会充满凶险
也许,一场风雨就会摧毁
只能把你从目光深处捧进心底
小心翼翼,先行埋葬

## 龙胆草

志曰：叶如龙葵，味苦如胆，因以为名。
　　　　　　　　　——陵游《本经》

一丛丛植物拔地而起
此时的天空明亮，太阳照耀万物
一切的生民都沐浴着祥和
传说中华夏的图腾
龙，没有人见过，却都
了然于胸并深入骨髓

野地里蓬勃的龙胆草，没有龙的守护
互相依靠中，挂起了由蓝而紫的温暖
此时，默默疯长着孤苦的根须
韧性而坚定，渗透着脚下的土地

从古至今的药铺，永远不可或缺
这一株平凡的草，收获
采根阴干，入药便益肝胆之气
大苦大寒的属性，胜于黄连的苦楚
祛除邪热，泻肝胆之火
朴素如土的根，便让人清澈起来

# 炮制

"药有毒无毒，阴干暴干，采造时月、生熟、土地所出真伪陈新，并各有法。若有毒宜制，可用相畏相杀，不尔合用也"

——《神农本草经·序录》

规制，在此时彰显精细而悲悯
面对药材，一丝不苟和循规蹈矩
就成了毒和药的分水岭
此刻，哲学散发出实用的光辉
照耀着传承千年的手法

制其形，制其性
制其味，制其质
相反为制，相资为制
相畏为制，相恶为制
原则和方法简明而干练

修制，挑、拣、簸、筛、刮、刷
水制，洗、淋、泡、漂、浸、润、水飞

火制，炒、炙、煅、煨、烘焙
水火共制，煮、蒸、潬、淬
寥寥无几的汉字，蕴含丰富的手段

几千年的摸索、实践和总结
在"四气五味"里"升降沉浮"并深入经络
此刻，泛黄的书本里，一味味药材生动起来

炮制药材，就是炮制品格
炮制药材，也是炮制人生……

## 穿心莲

玄奘西行的路旁,一定见过你的身影
对生叶序上散发着迷人的暗绿
千年的修炼,终于结成唇形的正果
一个个闭不拢的嘴巴,从不屑去诉说

湿热温润的环境中,你的根须深入泥土
不经意间的长大,也长成刻骨铭心回忆
初秋的脚步刚至,茎叶茂盛的你
却被制药人果断地采割,洗净,切段,干燥

流失水分的同时也蒸发了欲望
你默默依偎干涩的自己,躺在药斗里冥想
吱吱呀呀的滑动割破黑暗,短暂的沧桑
裹挟着浓重透彻的苦,直穿人心至灵魂深处

## 单方

心无旁骛的一味药
从泛黄的《本草纲目》中走出来
或嚼食,或煎制,或泡饮,或外敷
单一,单纯,即有效用

直截了当,果断而决绝
解决的最好方式便呈现出来
在复方那高深玄奥的施治辩证中
而单方,正以简便的姿态直抵病痛

## 中药

惯常的植物叶片、花朵或根茎
还有动物身上骨头和皮甲
还有一些稀奇古怪,如人中白、灶心土
还有飞虫,爬物……皆可入药

苍老的药铺,白胡子老人,满面红光
在望,闻,问,切,间或针灸、推拿
调的方子趴满了一味味不同的重量
文白夹杂的交流中,患者的心便安定起来

陶罐在文火的轻拥下,袅袅蒸腾
五味杂陈的翻滚,萃取着国药的精华
苦涩熬制成希望,用以冲洗并祛除沉疴
煎熬中,沉沉浮浮的是药,更是跌宕的人生

## 煤矿上的女人（组诗）

**矿工家属**
老家的村庄和亲人永远占据着梦境
孩子们在脑海里进进出出
煤矿大楼散发着气派，山一般的矗立

繁华背后的小山旮旯
村民的出租房和简易房的烟囱上
按时按晌飘荡着袅袅的温馨

实在无聊，就把手机放到眼睛里
用微信和 QQ 驱赶着寂寞
偶尔悄悄出去疯跑一次，去赶集

或忐忑着私会一下网友或老乡
更多的时候是担心
在地下流汗受累工作的老公

最安静的时候是数着皇历
弯弯的眉毛盘算回家的日子

不时拿出皱巴巴的账本

合计着回去的必要花销
只有熟悉的脚步踩响耳朵
一块沉沉的石头才从心头挪开

**灯房女工**
男人单调的眼窝里
工装是最温柔的时装
领取和回收矿灯的节点
打情骂俏的声音荡漾着暧昧
谩骂中温柔的嘱咐
让黑黢黢的男人梦中回味

罐笼把男人送入地下
蓝色包裹的或胖或瘦的身材
在灯架间走来走去
充电，检查，擦拭，维修
一双双布满老茧的糙手
仔细呵护着矿工的眼睛

**捡矸工**
一阵阵灰尘翻滚着荡起
选煤楼上的女人们便开始劳作
经常疼痛直不起来腰身

自然弯曲成习惯的姿势
只有在这样的时刻，才觉得
一点儿也不疼

在皮带上流淌的煤河
黑黑的矸石难以分辨
捡矸女工像认亲戚一样
总是第一眼就会发现

胶皮套着粗糙的双手
指尖常常顽强地跑出来透气
遇见大块头的矸石
身边的大锤便派上了用场
使出吃奶的力气，举起
敲下，像砸去一个麻烦样的开心
纯净的煤流纷纷欢快地走过
捡矸人却驻足在溜子旁忙碌成顽石

## 午夜，地下深处的采煤人

黑暗是永恒的主题
无论地面是阳光灿烂抑或繁星点点
厚重的地层封面包裹着这群鲜活的生命
顶板就是一部书的扉页

有时是页岩，有时是砂岩，有时是泥砂岩
而我的工人只是一个个标点
不断翻阅的页面下
黑色的内容呈现出一浪又一浪涌动的煤流

液压支架撑起满腔心事
老婆孩子双方的父母，和
老家的房子，赶集的日子
需要锄草的庄稼，快要收割的麦子

一遍遍咀嚼并盘算，开支的日子，
孩子学费，工友的生日，邻家的喜事
每一次升井前，心底的账本
又自动归档一笔汗水换来的收成

机警,是每个人生存的本能
一家或者几家的幸福紧紧拴住这个字眼
暗夜的煤尘挤压着过滤面罩
争先恐后寻找通向气管和肺部的缝隙

咳嗽,喘息,都是必修的功课
就像瓦斯和粉尘每天相伴一样
头顶矿灯照射眼前的一小束温暖
铃声响起,小小的温馨指引着最惬意的归途

## 原煤,一种经年沉睡的燃烧

厚重而坚实的顶板,是表象的躯壳
埋藏的深度就是生命的高度
积淀,以亿万年的时光
丈量着孢子植物、裸子植物、被子植物
那些跨界质变的进程

泥土拥抱着软弱而陈腐的生命
在激荡中以堕落的姿势深入地球的内心
压力和温度的加大与升高
蜕变成坚硬而富有光泽和质感的
泥煤、褐煤、烟煤、无烟煤

黑色的内容深深隐藏且静默不语
在锹镐、风钻、炸药或割煤机的唤醒中
凝固的生命走进阳光的视野
经年沉睡,包裹着积攒的热量
注入工业的脉搏成为黑色的血液,随着雾霾
流淌

## 纪事·矿工二旦

二旦的脸总也洗不净,永远黑黑的
煤灰掺和着岁月,顽强地渗透皮肤的纹理
一道道的中黑,星星点点的深黑,大面积的灰黑
组合得有血有肉,把二旦打扮得朴素而憨实

二十年前的瓦斯爆炸,哥哥大旦死在了矿井底下
瞒报事故,协商,私了
孤儿寡母拿上几万卖命钱
弟弟二旦,以继承哥哥遗志的名义,按照约定
扔掉了镰刀锄头,成为一名正式的采煤工人

黑暗和劳累成了二旦的伙伴,在巷道里共同呼吸
汗水冲洗出一道道的刺眼的苍白,旋即蒙尘
二十年的修炼,黑黑的二旦,牙齿白得突兀
张开嘴巴,每天黑唇白牙讲的都是逃生的技能

而今的二旦,每天落寞着,用酒精灌满空虚
煤一下子不值钱了,面对停产的煤矿,腰有些弯
每天琢磨着,房子价格涨到天上去了,买不起了

猪肉贵了，鸡蛋贵了，香烟贵了，勉强还能应付
这用苦和命挖出的，黑得发亮的煤价咋就上不去呢

领不上工资的二旦，在家柔顺起来
嗓门低了很多
就点花生米喝口勾兑酒，叼着劣质烟
看着云山雾罩的新闻
听到涨价的消息，既心疼，又有隐隐的期待，
涨吧
万一煤价也跟着涨起来，正常干活领工资
那该多美……

# 后记

喜欢上诗歌，还是二十个世纪八十年代中期。在城里读中师的表哥经常带回来《诗刊》《星星诗刊》《诗歌报》以及诗集、油印小报。读着就读进去并深深喜欢上了诗歌。

诗歌对我来说是内心情绪的抒发和排解，在这物欲横流的时代里，用文字与自己对话，诗歌就成了我内心中的一块净土。

由于工作和生计，参加工作以后很少写了，直到2015年在左权结识了建忠兄、志军、乔叶、俊伟、立华、丽红、国平、刘利、志宏、白帆等一众诗友，经常在一起参与诗歌活动，又重拾诗笔，开始写作。

自知写得不好，由于喜爱，还是笨拙地前行。

感恩中国外文局和新星出版社提供了出版的机会；感恩缘分，有幸结识在左权挂职帮扶的"太行农民"罗南杰，豪爽耿直、真诚质朴，干工作也是深入基层，扑下身子，抓铁有痕，为左权乡土诗人们的诗作出版付出了很多的心血；感谢左权县委、县政府以及左权县文联对本土作者的扶持；感谢张基祥、孟振先老师的指导和帮助!

　　因为热爱,所以坚持;因为感恩,一直坚持……

# 跋：
# 歌飞太行情意长

　　诗因歌而生，三千多年前的《诗经》是唱出来的。诗是心灵飞出的歌，我们今天捧出的这套丛书"歌飞太行"，就是九位本土作者对生活、对真情的吟唱，对祖国、对家乡的赞颂，是飞扬在太行山巅、清漳河畔的一曲曲动听的歌谣。

　　这是左权文坛的大喜事，是左权文学艺术界的盛事，也是左权县文化事业上令人振奋的新的里程碑，恰如毛泽东《咏梅》诗云："待到山花烂漫时，她在丛中笑。"在这里，烂漫的"山花"，即九位作者的九部诗集；报春的"梅花"，即中国外文局委派来左权挂职的罗南杰等同志。

　　中国外文局帮扶左权县十多年来，为左权办了很多实事。罗南杰同志挂职桐峪镇党委副书记两年来，负责教育、文旅等多方面工作，成绩斐然。他常年在乡下，与农民打成一片，在工地上，人们常常以为他是一个地地道道的"农民工"，乡亲们都把他当成贴心人，遇到难事都会想到"去找罗书记",罗书记就是这样一位古道热肠的人。当他发现左权县这片集红色历史与绿色文旅于一体的热土上,有这样一群勤奋的诗歌创作者。一首首来自生活最底层的诗歌,透射着人性的真善美,折射出他们对家乡、对祖国的挚爱,对社会、对人生的思考,是诗歌照亮了他们的精神世界。他感动之余,主动到县文联了解情况,得知他们有的处于工薪阶层,有的为生活东奔西忙,甚至有的生活还很困难,平时辛勤创作积累的大量诗稿,因囊中羞涩难以积集成书。罗书记决定伸出援手扶持他们,也为左权县的繁荣兴盛注入丰富的文化内涵和勃勃生机。他将此事向中国外文局领导做了汇报,经多次沟通,终于达成这次助力圆梦行动。与此同时,他多次和作者们坐到一起,就诗集的宗旨、内容进行详尽指导。有着军人情怀、诗人文采的他,很快与这群乡土诗人成为莫逆之交。

在此期间,九位诗作者快马加鞭,收集整理诗稿。为了让每首诗更精炼、更妥帖,他们在原创作的基础上夜以继日地仔细打磨,相互切磋,经过四个多月的精雕细琢,这套丛书终于收官。

在成书过程中,县委、县政府及宣传部领导高度重视,多次关注此事,鼓励作者扎根泥土、扎根人民，创作出无愧于家国的优秀作品。在此，诚挚感谢各位领导的大力支持！同时，感谢的还有：已近耄耋之年的原县作协主席张基祥先生和县文联原主席孟振先女士，以及多位热心人士，他们多次给予丛书悉心指导。

  这九部诗集，反映了左权文学事业向上向好发展的强劲势头，也让我们认识了太行山怀抱里这群可爱的垦荒诗人，他们有担当，有情怀，体现了厚重的太行精神。他们的作品充溢着浓郁的乡土气息和诗情画意。但由于这样那样的局限，在个性化的诗歌创作中，丛书在一定程度上还存在诸多不足，敬请广大读者理解包容，批评指正。

  于此，左权县文联携九位作者，向中国外文局的各位领导致以崇高的敬意！向新星出版社的各位编审老师致以诚挚的感谢！是诸君的伯乐之举圆了这群乡土诗人的文学梦，为享誉世界的民歌之乡留下浓墨重彩的一笔。同时希望更多的诗歌爱好者以此为契机，热爱生活，潜心创作，在这片有着《诗经》余韵的文化厚土上纵情驰骋，引吭高歌！

左权县文学艺术界联合会

2023 年 5 月